【新装版】
自動販売機に生まれ変わった俺は迷宮を彷徨う2

昼熊

角川スニーカー文庫

23752

2 CONTENTS

Reborn as a Vending Machine, I Now Wander the Dungeon.

プロローグ

Reborn as a Vending Machine, I Now Wander the Dungeon.

「いい天気だなー」

家の掃除《そうじ》を手伝っていたら机を破壊《はかい》しちゃって、お母さんに怒《おこ》られたけど気にしない！

空は青いし、空気は美味《おい》しいし、水も綺麗《きれい》だし、落ち込んでいる暇《ひま》ないよね。

今日は何しようかな。畑仕事は農耕具折っちゃったから手を出さなくていいって、お父さんが笑いながら言ってたからー、お魚捕《つか》まえにいこう。

村の外に出たら怒られるけど、囲っている塀《へい》の近くなら大丈夫《だいじょうぶ》だよね。

「おー、ラッミスちゃん。何処《どこ》に遊びに行くんだい」

「えっとね、お花を見に行くの！」

「そかそか。くれぐれも、村の外にはでんようにな。最近、近くの村が魔物《まもの》に襲《おそ》われた話を耳に挟《はさ》んどるし」

「あんた。子供にそんな話をしないの。気を付けて遊ぶんだよ」

「はーい」

隣《となり》のおっちゃんとおばちゃんは畑のお仕事してたのね。正直に話したら、きっと怒られるから嘘《うそ》ついちゃった。

塀のすぐ側《そば》の川だからきっと大丈夫。

おっきな道を歩いていたから見つかっちゃった。だから人のいないところを通って行こうっと。

ここなら大丈夫よね。家の裏側を通って塀までいけば完璧《かんぺき》だわ。

「こらー、ラッミス！　何してんだぁ」

「ひ、ひやあああっ！　ご、ごめんなさい！　あかんのはわかっとったんやけど、え、えと、ちゃうちゃう。今のはちゃうねん」

み、見つかった。おとんとおかんに言われたらめっちゃ怒られる。

「ぷ、ははははは。相変わらず、動揺《どうよう》すると方言が出るな」

えっ、この笑い声は——ヒュールミ！

「もおおう、おどかさんといてや、びっくりして心臓止まるかと思うたやんか」

「ごめん、ごめん」

癖《くせ》っ毛《け》で薄《うす》い茶色の髪《かみ》を揺《ゆ》らして笑っているのは、一番のお友達ヒュールミ。

うちは身体《からだ》動かすのが好きで勉強は嫌《きら》いだけど、ヒュールミは逆なんだよね。難しい本を読んで、何か色々作ったりしている。

大人の人も道具を修理してもらったりして、子供なのに村の人たちに頼《たよ》られているのが凄《すご》い。

うちは力加減を間違《まちが》えて物を壊《こわ》すことが多いから、ヒュールミには黙《だま》って修理してもらって、いつも助けてもらってる。

男の子みたいな話し方で気も強くて、口喧嘩《くちげんか》で負けたのを見たことない。

同い年の男の子たちがこっそりと「あねご」って呼んでいたのは黙っておこう。

「んで、隠《かく》れて何処に行こうとしてたんだ」

「えっとね、川に行こうかなって」

「川って外に出るつもりか。塀を乗り越《こ》えないと無理だぞ。門は子供を通してくれないしな」

丸太を並べて作ってある塀は、うちよりもずっとおっきいけど、本気で跳《と》んだら越えられそう。でも、勢い余って壊したら、またすっごく怒られちゃう。

「ううん。塀のところに穴が開いているところがあって、大人は無理だけど、うちなら通れるんだ」

「へえー、そんなのあるのか。んじゃ、オレも一緒《いっしょ》に行くぜ」

「うーん、いいけど……内緒にしてくれる」

「おう、約束だ」

ヒュールミは約束を破ったりしないから大丈夫だよね、うん。

家の裏を抜《ぬ》けて、ここは木の陰《かげ》だから周りから見えないんだよね。ええと、この大きな石を横にずらしてっと。

「お、マジでこんなところに穴あったのかよ」

「うん。大きな石で塞《ふさ》いでるから外からは入れないと思うよ」

「石……いや、これ岩だろ。一般《いっぱん》的な抜け道じゃねえよな。普通《ふつう》動かせないって」

そんなに驚《おどろ》くことかな。大人よりも大きな石だけど、これぐらいなら大人だって動かせるよ。

「じゃあ、先にヒュールミ行ってね。うちは石を戻《もど》さないといけないから」

「ちゃんと穴を塞いでおくんだな」

「うん、誰《だれ》か入って来たら困るからね」

戸締《とじま》りは大事だって、お母さんいつも言っているもんね。

塀の穴を抜けたら、いつもの森と川が見える。今日は魚でも捕まえようかな。

「おー、門と真逆の裏手に出られるのは便利だぜ。でも、ラッミスがいねえと絶対に使えないのが難点か」

腕《うで》を組んでヒュールミが何か考えている。

ここは秘密の遊び場だったけど、まあいっか、仲良しだし。

ええと、先に川遊びしようかな。お花摘《はなつ》みを先にした方が良いのかな。うーん、どっちにしよう。

「あれ、今、村の方で叫《さけ》び声しなかったか？」

「外に出たのバレたんじゃ」

もしそうだったら、また怒られちゃう。どうしよう、直《す》ぐに戻って謝ったら許してくれるかな。

「だとしたら、めっちゃ怒られるぞ」

「あうぅ。え、えと、お魚捕まえて帰ろうよ！　そしたら、きっと許してくれる……かも」

「土産《みやげ》があれば、少しはましかもしんねえな」

そうだよね。ご飯のおかずが増えたらきっと喜んでくれる。

よっし、頑張《がんば》って魚いっぱい持って帰らないと。

「じゃあ、魚捕まえよっか」

「おっ、釣《つ》りか。なら、ちょっと待ってくれよ。枝と蔦《つた》で釣り竿《ざお》作るからよ」

「えっ、魚って素手《すで》で捕《と》れるよ？」

うちが川の浅瀬《あさせ》に入って水の中にいる魚を狙《ねら》って殴《なぐ》ると、川の水がバンって飛んで魚も一緒に飛んでいる。

三匹《びき》が飛んで、二匹は川に落ちたけど一匹だけ砂利《じゃり》の上に落ちたみたい。

「拳《こぶし》の衝撃《しょうげき》で水ごと吹《ふ》き飛ばすのか……」

「ほら、捕れたでしょ」

目をおっきくさせたヒュールミが驚いているみたいだけど、何か間違ったのかな。

あっ、あれだ。母さんがうちは力があり過ぎて、みんなと違うところがあるから気を付けなさいって言ってた。これも、普通の子はしないんだ。

「ごめんなさい。驚いたよね」

「おう、びっくりしたぜ。でも、やっぱ、すげえなラッミスは！」

「えっ、でも、力があり過ぎて物壊しちゃうし、よく怒られるし、男子は怪力《かいりき》って馬鹿《ばか》にするし」

自分で言って悲しくなってきた。

もっと可愛《かわい》くしたいのに、みんなを怖《こわ》がらせてばっかりだ。

「なーに、言ってんだよ。力持ちなんて凄い才能だろ。将来、絶対にその力が役に立つ日が来るって。その力があって良かったって思う日が絶対にな！」

ヒュールミは怖がらないの？

何で、そんなにうちのことを褒《ほ》めてくれるの？

家の物は壊すし、役立たずだし、お父さんはいつも困ったように笑っているし。

「ほら、顔を上げな！　じゃないと商品選べないだろ」

「商品？」

何を言っているの。商品って……えっ！

あれ、ヒュールミどこ行ったの。この大きな四角い箱は何？

さっきまでこんなのなかったよね。どこから来たんだろう。

いっぱい綺麗な物が並んでいる、宝箱みたい。これってどうしたらいいのかな。

「いらっしゃいませ」

今声が聞こえたけど、もしかして。

「あなたが喋《しゃべ》ったの？」

うちはこの箱を知って……いる。えっと、何処であったんだっけ。

触《さわ》ってみると身体は冷たくて硬《かた》いのに、何故《なぜ》かホッとする。

この感触《かんしょく》覚えがある……ずっと傍《そば》にいてくれて、背中を守ってくれていた……そうだ、思い出した。

何でこんな大切なことを忘れていたんだろう。

四角くて優《やさ》しくて大きなこの箱は、命を救ってくれた大切な魔道具――ハッコンだ。

キミと共に

Reborn as a Vending Machine, I Now Wander the Dungeon.

「ハッコン……もう、何処にもいかんといて……」

あれから、俺たちは地下室から引き上げられて砦《とりで》の隅《すみ》で休憩《きゅうけい》している。ラッミスは緊《きん》張《ちょう》の糸が切れたらしく、俺にもたれかかって眠《ねむ》っている。

彼女は俺がいなくなってから、殆《ほとん》ど眠ることなく探し続けていたそうだ。

「ラッミスはハッコンにかなり依存《いそん》しているな。この取り乱しっぷりは……やっぱ、昔のアレとダブったのか」

昔のアレ？　気になることをヒュールミが口にしたぞ。

「ざんねん」

「ああ、何のことかわかんねえよな。まあ、ハッコンなら話しても大丈夫だろう。オレとラッミスは同じ村出身でな、いわゆる幼馴染《おさななじみ》ってやつだ」

そうなのか。見た目も真逆だが、性格も正反対の相手の方が意外と上手《うま》くいくって言うからな。

「まあ、良くある話なんだけどよ。小さな名もなき村が魔物《まもの》に襲《おそ》われて壊滅《かいめつ》した。オレとラッミスは数少ない村の生き残りでな……まあ、なんだ、親は両方死んじまった」

ラッミスは何処《どこ》か言動が幼いところがあって、甘えん坊《ぼう》な所があるとは思っていたが、誰か頼れる相手を、親代わりの存在を無意識の内に求めていたのかもしれないな。

「オレはまあ、こんな性格だからいいんだが、アイツは自分には力があったのに、怯《おび》えてばかりで何もできなかったことをずっと後悔《こうかい》していた。どんくさくて、虫も殺せない性格だったくせに、ハンターなんかになりやがって、バカが」

言葉は辛辣《しんらつ》だが、声には相手を労《いた》わる響《ひび》きが含《ふく》まれていた。

怪力は確かにハンターに適した能力だが、彼女の性格は正直争い事には向いていない。宿屋の仕事や瓦礫撤去《がれきてっきょ》をして働く姿は本当に楽しそうで、できることなら危険なハンターには復帰して欲しくない。

だけど、彼女には譲《ゆず》れない強い想《おも》いがあるのだろう。俺が力になれるなら、何とかしてやりたいが。

「ハッコン、今、大丈夫《だいじょうぶ》か」

「いらっしゃいませ」

お、熊《くま》会長もいたのか。ざっと見たところ十人でこいつらの拠点《きょてん》を強襲《きょうしゅう》したようだが、メンバーの中には愚者《ぐしゃ》の奇行《きこう》団の姿もある。団長と副団長が休憩しつつ、こっちを気にしているようだ。

「ラッミスは眠ったか。疲労《ひろう》が溜《た》まっていたようだ、このまま寝《ね》かせてやってくれ。今回の一件は謝らねばならない。この盗賊《とうぞく》団がお主を狙っているという情報は既《すで》に得ていた。奴《やつ》らを一網打尽《いちもうだじん》にする為《ため》に、明日にでも囮《おとり》として協力を頼《たの》む予定にしていたのだが、奴らの動きが早く、このような事態になってしまった。それでも助けに入るべきだったのだが、私からの命令で尾行《びこう》させることにした。奴らを追い詰《つ》める為とはいえ、お主を危険に晒《さら》したのは間違いない。すまなかった」

熊会長が深々と頭を下げている。大体は俺の予想通りだったので、驚くこともなく腹も立たない。結果論だが、俺の誘拐《ゆうかい》を邪魔《じゃま》しなかったからこそ、ヒュールミと出会えて助け出すことができた。

俺を誘拐できていなかったら、彼女は処分されていたか別の場所へと連れ去られていたことだろう。なら、何も誰も悪くない。

「いらっしゃいませ」

「今回の一件に関して、こちらから報酬《ほうしゅう》を出させてもらう。それに、今後お主の身に何かあった時は、ハンター協会は協力を惜《お》しまないと誓《ちか》おう」

熊会長と強力なパイプが繋《つな》がったことだけでも、十二分な報酬になる。

「くそっ、離《はな》しやがれっ。てめえら、俺の貯《た》め込んだ金を奪《うば》うつもりかっ！」

この怒鳴《どな》り声は奴らの親玉か。視線を向けると、縄《なわ》で拘束《こうそく》された奴らが纏《まと》められている。近くに身動きもせずに横たわっているのは、死体か。あれは見張りの一人だな。人の死体を見たというのに、動揺《どうよう》どころか心の乱れが一切《いっさい》ない。

これも自動販売機《じどうはんばいき》になったことによる、変化の一部なのだろうか。

「おいおい、命の心配より金の心配か。余裕《よゆう》だねぇ。まあ、お前さんらが大量に貯め込んだ金も何もかもハンター協会が有効活用してくれるさ。心配しなさんな」

ケリオイル団長が帽子《ぼうし》のつばに指を這《は》わせながら、間延びした話し方で眠たそうに目元を擦《こす》っている。

助け出されたのは嬉《うれ》しいが、愚者の奇行団に借りができてしまった。嫌《いや》な予感しかしないぞ。あ、団長さん、そいつの貯め込んでいた硬貨《こうか》の殆どは俺の体内にあるよ。これバレたら怒《おこ》られそうだな。

まあ、何にせよ、これにて誘拐事件は終了《しゅうりょう》となる。後は朝を待ち、居心地《いごこち》のいい彼女の背にもたれかかって帰るだけだ。

さーて、活躍《かつやく》してくれたハンターのみんなには大盤振《おおばんぶ》る舞《ま》いしますか。冷凍《れいとう》食品を温めるモードも追加したので、焼きおにぎり、から揚《あ》げ、フライドポテト、焼き飯、焼きそば、たこ焼きだって出せるぞ。冷凍食品で有名なメーカーの自動販売機なので味も折り紙付き。

ちなみに俺のおすすめは、から揚げだ。

「おっ、ハッコンの形が変わりやがったぞ。何だこの美味《うま》そうな飯の絵は」

「今まで見たことのない食いもんばっかじゃねえか」

「お前ら落ち着け。危険があるかもしれねえだろ。まずは団長である俺が試《ため》してやるよ」

「ずりいいぃいぃいぃ！　団長ずるいぞっ！」

「横暴っす！　部下を大切にしない組織は成長しないっすよ！」

　俺の前にずらっと並んでいたハンターを押しのけ、割り込んできたケリオイル団長に団員がしがみついて動きを封《ふう》じている。

「あっ、くそ。てめえら、今回の報酬削《けず》るぞっ」

「何バカやっているのですか。ハッコンさん、値段表示が無いようですが。もしかして、おごっていただけるのですか」

「いらっしゃいませ」

「ありがとうございます。では、この肉の塊《かたまり》を揚げた物でしょうか、これを」

　じゃれている団長と団員を放置して、副団長であるフィルミナさんが、から揚げのボタンを押した。

「ありがとうございました」

「お、おいフィルミナ、何しれっと割り込んでんだっ」

「フィルミナ副団長ずるいっす」

「このお肉、信じられないぐらい柔《やわ》らかいですね。嚙《か》むと中から肉汁《にくじゅう》が溢《あふ》れ出てきて……はあぁぁ」

いつもは冷たいイメージがあるフィルミナ副団長が、頰《ほお》に手を当て破顔している。その幸せそうな顔に、他《ほか》のハンターたちも辛抱《しんぼう》たまらなくなったようで、次々と指が伸《の》びてくる。

はいはい、争わないでいいから。みんな、思う存分飲み食いしてくれ。アルコールは提供しないが、それ以外は何だって出すよ。

「ハッコンの周りに集まった奴らが、あんなに幸せそうにしてやがる。それって、人でも中々できないことだぜ」

珍《めずら》しく黒衣の前を閉じているヒュールミに体をコンコンと軽く叩《たた》かれる。

何気ない一言だったが、俺の中にすっと温かいものが潜《もぐ》り込んできた気がした。機械の体なので実際にそういった感覚は存在しないのかもしれないが、この気持ちや温かさは気のせいではないと信じたい。

飲み食いを続けるハンターたちに商品を提供しているだけで幸せに感じるのは、自動販売機としての自覚が芽生えたというよりは、人として当たり前の感情。この気持ちを、感覚を忘れないでいられたら、俺はこれからも自動販売機としてやっていける。

「はっこぉぉん……ずっと……一緒《いっしょ》だよ……すぅぅ」

ラッミスの寝言か。幸せそうな寝顔で、猫《ねこ》のように丸まっている。

ああ、キミが俺から自ら離れる日が来るまでは、一緒にいような。

途中《とちゅう》アクシデントもなく、集落まで辿《たど》り着いた。

無事にアジトから帰還《きかん》した俺を門番の二人、カリオスとゴルスが迎《むか》え、我が事のように喜んでくれた。それから、ハンター協会前に戻《もど》ると次から次へと客がやってきて、辺りが見えないぐらいの人で埋《う》め尽《つ》くされた。

どうやら、うちの商品を毎日口にしないと落ち着かない人がいるようで、大量に購入《こうにゅう》する人たちも少なくない。ずらっと並ぶお客を眺《なが》めていると、少し離れた場所で目を輝《かがや》かせている両替商《りょうがえ》のアコウイさんの眼鏡《めがね》が、怪《あや》しい光を放っている。

手元の手帳に高速で何かを書き込んでいるな。充分《じゅうぶん》貯め込んだところで銀貨を回収するつもりなのだろう。

朝早く戻ってきたにもかかわらず、客の列は夜になるまで途切れることはなく、最後の客を捌《さば》くともう深夜と呼んでいい時間帯だった。

「今日もお疲《つか》れさま、ハッコン」

俺の背後から聞き慣れた声が響く。笑《え》みを浮《う》かべて歩み寄ってきたラッミスが俺の横に並ぶ。

こんな深夜に何をしに来たのかと、普通《ふつう》なら驚《おどろ》く場面なのだろうが平然としているのには理由がある。彼女はずっといたのだ。今日一日ずっと、俺の近くに居続けていた。

さすがに用を足すときは離れたが、それ以外、最長でも五メートル以上距離《きより》を開くことはなかった。そして、今の彼女は寝袋《ねぶくろ》に包まれ顔だけ出した状態だ。茶色のタラコに人間の顔を付けたような姿でニコニコと笑っている。

俺を誘拐されたことがかなり応《こた》えているようで、今日は絶対に離れないと屋外で寝ることを決めたようだ。ヒュールミやムナミも止めたのだが、頑《がん》として譲らずこうなった。

熊会長も心配なようで、ハンター協会の入り口にいつもはいない見張りを立てて、こっちを警戒《けいかい》してくれている。

「ハッコンも、色々あって疲れているんだから、寝ないと駄目《だめ》だよ」

「いらっしゃいませ」

今日はこれぐらいにして、灯《あか》りを消しておこう。

暫《しばら》くは彼女が俺のことを離してくれなそうだが、ここまで過剰《かじょう》に心配して貰《もら》える自動販売機なんて存在しないよな。だったら、ラッミスが納得《なっとく》するまで付き合うことにしよう。

「眠るまで、お話していい？」

もちろん。聞き役しかできない俺で良ければ、幾《いく》らでも付き合うよ。

嬉しそうに語る彼女の声を聞きながら、視線を空に移すとそこには夜空が広がっていた。

屋外としか思えないダンジョンの中だが、星は存在していないようだ。太陽はあるのに。

日本の常識が通用しないダンジョンの不可思議な光景を眺めていると、ああ、帰ってきたんだなと実感してしまう。

そんな俺の心中を知らずに、満面の笑みで途切れることのないラッミスの話は、夜風に乗り遠くへと流れていった。

真心を貴女に

Reborn as a Vending Machine, I Now Wander the Dungeon.

　視界が激しく上下左右に揺《ゆ》れている。そして、たまに猛《もう》スピードで景色が吹《ふ》っ飛《と》んでいく。

「ハッコン、もう少しでお昼だから、休憩《きゅうけい》しようね」

　今日も元気に復興作業中のラッミスの声が至近距離から聞こえる。背中にいるから当たり前なのだが、降ろしてもいいんだよ？

　誘拐されて帰ってきてから、ずっとラッミスが傍《そば》にいる。今までは作業中は地面に設置されていた俺を、何があろうと背負ったままでいるのだ。彼女が俺を手放すのは、トイレの時ぐらいで一日の大半を共に過ごしている。

　別に嫌じゃないのだけど……依存《いそん》が強すぎませんかね。

「若干《じゃっかん》引くぐらい仲良しだな。よっ、ハッコン元気してるか」

　軽く手を上げて近づいてくるのは、今日も黒衣のヒュールミか。相変わらず、服装やオシャレには無頓着《むとんちゃく》らしく、ぼさぼさの頭を適当に縛《しば》っている。

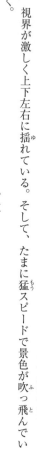

一番小綺麗《こぎれい》にしていたのが拉致監禁《らちかんきん》されていた時ってどういうことだ。

「あっ、ヒュールミ。身体《からだ》の方はもう大丈夫《だいじょうぶ》。疲れが残ってない？」

「おう。日頃《ひごろ》と比べて、監禁中の方が美味いもん食ってたから、バリバリ元気だぜ」

二人は本当に仲がいいらしく、毎日、休憩時間を狙《ねら》って会いに来ている。

基本的にはヒュールミが知的なお姉さんといった感じなのだが、時折、ラッミスが母親の様に体を労《いた》わったりしている関係が面白《おもしろ》い。

「しっかし、作業中ぐらいはハッコン降ろしたらどうだ。邪魔《じゃま》になんねえのか？」

「全然、大丈夫だよ。力が有り余っているから、ハッコンぐらいの重しが無いと身体が軽すぎて逆に動き辛《づら》いの」

うーん、理由はそれだけじゃないよな。心配してくれるのは嬉しいが、過保護というか心配性も度が過ぎている。何とかした方が良いのだろうか。

「でもよ、ほらラッミスがいつも傍にいたら、気が引ける客がいるんじゃねえか？」

「あ、うー。でも、離れたら、また誘拐《ゆうかい》されるかもしれないし」

「ハッコンだって今度は警戒しているさ。なあ」

「いらっしゃいませ」

「う、うーん。ハッコンがそう言うなら」

渋々《しぶしぶ》ながらだがラッミスは俺を地面に設置して、不満顔で少し頬を膨《ふく》らませている。これでプライベートの時間も確保できるようになった。グッジョブだヒュールミ。

正直な話、ずっと背負われていたので売り上げがかなり落ちていた。そりゃ、人の背中で激しく動いている自動販売機《じどうはんばいき》から、商品を買う勇気がある人は一握《ひとにぎ》りだろう。門番の二人は一度声を掛《か》けて、動きを止めて貰ってから購入しているが。

ラッミスはちらちらと何度もよそ見をしていて仕事に身が入ってないようで、怪我《けが》しないか心配だ。

こっちはかなり順調で、今まで様子見をして手を出せなかったお客が、俺の前に群がっている。よーし、今までの遅《おく》れを取り戻すぞ。


昼に予想以上の量を売り捌き、売れ行きが好調の商品を補充《ほじゅう》して、商品が全《すべ》て温かいになってしまいそうなぐらい、ほくほくしながらハンター協会前の定位置に居座っている。

夕方になると、今までならラッミスは俺の隣《となり》で自動販売機の商品を食べていたのだが、気を利《き》かせてくれたヒュールミが、仮店舗《てんぽ》で営業しているムナミと女将《おかみ》さんの食堂へ連れて行ってくれた。

この時間帯はいつも人が途切れるので、久しぶりに一人——じゃなく、一台でまったり過ごしていると、俯《うつむ》き気味で誰《だれ》かが歩み寄ってきた。

あれは、朝の常連三人衆の一人である青年商人だよな。いつもは無駄に爽《さわ》やかな笑みを浮かべて、人当たりのいい態度で老夫婦にも好印象を与《あた》えているというのに、身体の周りから黒いオーラを出しそうなぐらい、落ち込んでいる。

「はぁ……上手《うま》くいかないなぁ。最近は前よりも忙《いそが》しそうだし。声を掛ける切っ掛けも……明日誕生日だって言うのに」

ため息交じりの呟《つぶや》きを聞いて合点がいった。彼は確か宿屋の看板娘ムナミに惚《ほ》れこんでいるのだったな。関係を進展させたいけど、上手くいかず悩《なや》んでいる。恋愛《れんあい》がらみの悩み事か、相談に乗ってあげたいけど相槌《あいづち》専門だからな。

「はあ、アコウイさん、最近根を詰《つ》めすぎで心配だ」

青年商人とは真逆の方向から迫《せま》りくる巨大《きよだい》な影《かげ》はゴリ……両替商の助手をしているゴッガイだったか。

あの人は見た目に反して穏《おだ》やかで、前も転んで泣いている子供が立ち上がるまで見守っていると「自分で立ち上がれて偉《えら》いな」と優《やさ》しく微笑《ほほえ》むような人だ。

「おや、両替商のゴッガイさんではないですか」

「これはこれは。先日はお世話になりました」

二人は顔見知りのようで、軽く会釈《えしやく》をしている。まあ、商人と両替商なら接点はあって不思議はないか。天気や商売と最近の噂話《うわさばなし》など、差し障《さわ》りのない雑談を交《か》わしている二人は心ここにあらずといった感じで、下手な芝居《しばい》を見ているようだ。

　時折、両者が視線を俺に向けている。どうやら、二人とも何かを買いたいようだ。別に相手がいても商品なんて好きに買えばいいのに、何かあるのか。

「いらっしゃいませ」

「あっ、何か飲まれますか。僕が出しますよ」

「いえいえ、ハッコンさんにはお世話になっていますので、自分が」

　二人は「私が」「自分が」を繰《く》り返している。普通に話せたら「じゃあ、俺が」「どうぞ、どうぞ」という流れをやる絶好のチャンスなのだが。

「では、今回は僕が出しますので、次回お会いした時はお願いしていいですか」

「わかりました。今回はご馳走《ちそう》になります」

　青年商人はいつものミルクティーを、ゴッガイはレモンティーを飲んでいる。両方温かい物を選んだようだ。季節は初冬らしく、温かい物が美味《おい》しい季節だからな。ダンジョンの中なのに季節があるのかとか、そういう疑問は今更《いまさら》だよな。

「はあぁ、落ち着きますね」

「ハッコンさんの商品は本当に美味しい物ばかりで困ってしまいますよ」

　一緒に温かい物を飲むという行為《こうい》だけだというのに、二人の距離が少し近づいた気がする。さっきよりも会話が弾《はず》んでいるようだ。

「ところで、失礼だとは思いますが……何か深刻そうな顔を、していらっしゃったようですが」

「いや、お恥《は》ずかしい。少しその、女性関係での悩みが」

「そうなのですか。良かったら、話してみませんか。悩みというのは口に出すと、少し楽になるものですから。ああっ、そうです。自分も上司のアコウイさん関連で悩み事がありまして、宜《よろ》しければ自分の話も後で聞いてもらえると有難《ありがた》いです」

ゴッガイさんは自分の悩みも後で打ち明けるという条件を出すことにより、青年商人が話しやすい状況《じょうきょう》を作り出したのか。アコウイさんがきつめの性格で交渉《こうしょう》があまり得意なタイプじゃなかったので、彼が常にフォローをしているのだろうな。

「実は、片想《かたおも》いをしている女性がいまして、近いうちに誕生日だという情報は得ているのですが、どうしたらいいのかと思いまして。贈《おく》り物《もの》を手渡《てわた》すとしても、そこまで仲が良い訳ではない客の一人から、貰って嬉《うれ》しいのかと」

「成程《なるほど》、確かに悩ましい問題ですね。贈り物というのは高価であればいいというものでもありませんので。かなり親しい間柄《あいだがら》であれば宝石や装飾《そうしょく》品もありですが、常連のお客から、いきなりそんなものを渡されては、変に意識されかねません」

「そうですよね。お恥ずかしい話なのですが、商売ばかりで恋愛経験も乏《とぼ》しく、こういった場合の最適な回答を導き出すことができないのです」

生真面目《きまじめ》そうな青年だからな、色恋沙汰《いろこいざた》とは無縁《むえん》の生活をしていたのだろう。

都合のいい物語やゲームで良くあるチョロイ女性なら、価値のある品を渡せば「え、こんなの受け取れません」とか言っておきながら最終的には受け取って好感度がうなぎ上りするのだが。ムナミはそういった輩《やから》に慣れていそうだから、笑顔《えがお》で受け取ってそれで終わりそうだ。

「こういった場合は一般《いっぱん》的な女性が喜びそうな、手頃な値段の物が良いかと」

「やはり、そうなりますか。僕もそう思って、ここに来たのです。ハッコンさんは人の望みを聞いて、相応《ふさわ》しい新商品を仕入れてくれるという噂はご存知ですか」

「あー、自分も聞いたことがありますよ。商品どころか形も変化したとか……ここだけの話なのですが、夜の商売をされているシャーリィさんのところで利用されている、避妊具《ひにん》のような物はハッコンさんが提供したそうですよ」

そこら辺から情報が流れているのか。いつか都市伝説ならぬ集落伝説に挙げられそうだな。意思がある自動販売機の時点で今更だが。

「物は試《ため》しです、ハッコンさんに頼《たの》んでみませんか。自分も興味あります」

「そうですね。駄目《だめ》で元々、ハッコンさん今の話は聞いていられましたか」

「いらっしゃいませ」

「なら、話が早い。女性の誕生日に贈るのに相応しい品は何かありませんか」

話を聞きながらずっと考えていたのだが、一つ思いついた商品がある。

復興の最中で集落が活気づいているのはいいのだが、何と言うか余裕《よゆう》がないのだ。必要な物資は不足していないが娯楽《ごらく》が乏しい。生活で一杯一杯《いっぱいいっぱい》といった感じが拭《ぬぐ》えない。

ハンターや商売人は理想的な環境《かんきょう》かもしれないが、お世辞にも女性には優しくない集落だ。ならば、ここで俺が提供する新商品は――。

「光が……えっ、またガラッと変化しましたね。これは、花？」

「これは見事な彩《いろど》りの花ではないですか。この階層は湿地《しっち》が多いですからね。自分はここまで美しい花をみたことがありませんよ」

そう、花の自動販売機だ。大半をガラス張りに変更《へんこう》して幾《いく》つか区切り、そこに花を並べている。購入《こうにゅう》した経験がなければ置けないので、花の種類は母の日に購入したカーネーション、バラ、墓参りに持って行く仏花、百合《ゆり》となっている。

ちなみに、母が購入する際にお金を払《はら》わされた経験が生きているようだ。

復興真っ只中《ただなか》で、町にあるのは建築材と瓦礫《がれき》ばかり。花を見た記憶《きおく》が全くない。そんな集落で色とりどりの花を手渡されたら、嫌《いや》な気持ちになる女性は殆《ほとん》どいない……と思う。

「なるほど、花ですか。値段もお手頃価格ですね。これはいい！」

「確か、アコウイさんは白い花が好きでした。自分も購入させてもらいます」

二人が思い思いの花を購入する。青年商人は仏花を。ゴッガイは白い百合を買っていった。

男性二人が花束を持つ姿を微笑ましいと思うのは、俺だけだろうか。

手にした花束を見つめ目尻《めじり》を下げ少し照れている二人の男性は、会釈をして立ち去っていく。二人とも上手くいけばいいな。暫《しばら》くは、注意して情報を集めることにしよう。


「ハッコン、知ってる？」

あれから数日が過ぎた。本格的な冬が訪れる直前らしく、住民が慌《あわ》ただしく冬を越《こ》える準備をしている。いつものように定位置で商品を販売していると、いきなりラッミスにそんなことを切り出された。

何のことかわかるわけがないので「ざんねん」と言っておく。

「えっとね。ムナミと女将さんが今、テントで臨時の食堂やっているでしょ、今、あそこ女性に大人気なんだよ。何でだと思う？」

と言われても。情報が少なすぎて反応に困る。食堂が儲《もう》かる理由なんて味だよな普通《ふつう》。でも、女性に大人気ってのが気になる。元々、女性二人で経営しているので、女性のハンターや住人が利用しやすいという話は聞いたことがあった。

となると、更に女性客の需要《じゆよう》に応《こた》えるような配慮《はいりよ》がされたということか。わかんないな。

「ざんねん」

「わかんないよね。実は、ムナミの食堂にね綺麗《きれい》な花が飾《かざ》られるようになったんだ。それがすっごく綺麗な花で。見ているだけで癒《いや》されるんだー」

おー、青年商人があれから頻繁《ひんぱん》に購入して、足しげく通っているかいがあったようだ。

そういや、先日やってきた両替商《りょうがえ》のアコウイさんも、けんのある表情が少し薄《うす》れていた気がする。効果はてきめんだったのか。

ラッミスは花が好きなのかな。語っている時の目が輝《かがや》いていたように見えた。

だとしたら、そうだよな、うん。

「わっ、ど、どうしたの急に形を変化させて……えっ、あの花、ハッコンが売っていたの？」

花販売モードになるとピンクのカーネーションを取り出し口に落とした。

「ええっ、うちにもくれるの⁉　ありがとう、ハッコン。大事にするねっ」

抱《だ》きかかえて、嬉しそうにクルクルその場で回っている。そこまで喜んでくれるなら、プレゼントのやりがいがあるってもんだ。

知っているかい、ラッミス。ピンク色のカーネーションの花言葉は『感謝』って言うんだよ。

ヒュールミの魔道具

Reborn as a Vending Machine, I Now Wander the Dungeon.

「まあ、そこに座ってくれ……って、それは無理か。わりぃわりぃ」

集落に戻《もど》ってきて、お客も落ち着きを取り戻し始め、いつもの日常が返ってきた。と思っていた矢先、ヒュールミに誘拐《ゆうかい》された。

いや、正確にはヒュールミが一時的に借りているテントに、問答無用で運ばれてきた。

ラッミスの手によって。

日は完全に落ちていて、集落の住民の八割方がもう寝《ね》ている時刻だ。

俺を運んできた当の本人はクッションを抱きながらベッドの上で、ゆらゆら揺《ゆ》れている。

あれはもう寝落ち寸前だな。

「お前さんを呼んだのは他《ほか》でもねえ。色々調べたくてな。まずは、ハッコンの事を良く知らねえと話になんねえだろ。はい、いいえ、だけで答えられるような質問にするから、気軽に答えてくれ。捕《つか》まっていた時の延長戦みたいに考えてくれればいい」

そういうことか。自分のことを理解しようとしてくれるのは純粋《じゅんすい》に嬉しい。

よーし、何でも聞いてくれ。答えられることなら何でも答えるぞ。

と、意気込んだのはいいが、本当にこれは必要なのかと疑いたくなる質問が、次から次へと投げかけられている。

「痛覚はあるのか。五感はどうだ？」

とかは質問の意図もわかるのだが、後半になるにつれて質問の内容がおかしくなってきた。

「恋人はいるのか？」

それは現在進行系なのだろうか、それとも前世なのだろうか。今であれば、自動販売機《じどうはんばいき》に恋人なんているわけがない。

まあ、生前も自動販売機ばっかり追って、散財《さんざい》しまくっていた男に恋人がいるわけもないのだが。どっちでも答え……同じじゃないか……。

「ざんねん」

「ふーん、いねえのか、へぇぇ」

何で嬉しそうに笑っているのだろうか。

もしかして、男勝《まさ》りの性格が災《わざわ》いして美人なのに自分にも恋人がいないから、仲間を発見した喜びか。同病相憐《あいあわ》れむというやつかもしれない。

「じゃあ、あれだ、ラッミスと仲が良いみたいだが、そのなんだ……好きだったりするのか？」

いつもお世話になっているし、好きか嫌《きら》いかで訊《たず》ねられたら好きに決まっている。性格も良いし、彼女がいなければ俺は動くことすらできないからな。

「いらっしゃいませ」

「へぇーそっか、まあ、そうだよな。ラッミスは明るくて性格もいい。ちょっと、不器用な所もあるけど、男は、ああいうのを可愛《かわい》いって思うんだろ」

幼馴染《おさななじみ》を褒《ほ》めているのに、何故《なぜ》かちょっと不機嫌《ふきげん》にも見える。

「あーのさ。まあ、別に関係ないけどよ。一応、参考って言うか、ハッコンは魂《たましい》が男なんだよな」

「いらっしゃいませ」

見た目は自動販売機だけど、中身は男のつもりだ。

「でよ、まあ、ただの参考っていうか、情報はどんなものであれ収集しておいて損が無いってのが、オレのもっとうでな。そのなんだ……ハッコンから見て、オレは魅力《みりょく》的に見えるか？」

情報の重要性は理解できるが、若干《じゃっかん》早口で焦《あせ》っているのは何故だ。

自動販売機相手だとはいえ、こんな質問は恥ずかしいのだろうか。

ヒュールミはちょっと気が強いけど姉御肌《あねごはだ》で、根は優《やさ》しくて美人だからな。そんなの答えは決まっている。

「いらっしゃいませ」

「お、おう、そうか。お世辞でも嬉《うれ》しいぜ。ありがとうよ、ハッコン」

頰《ほお》を染めて照れながら鼻を指で搔《か》いている姿が、日頃《ひごろ》の表情からは想像できないぐらい可愛らしくて、体内の機械が異音を上げそうになった。

日頃からそういう表情をしていたら、もっとモテるのに。

「って、柄《がら》にもないこと聞いちまったな。ほら、オレってそういうのが苦手だからよ。ハッコンなら、馬鹿《ばか》にせずにちゃんと聞いてくれるかなって思ったわけだ。すまねえな」

謝る必要なんて全くないよ。女性関係であまり良い思い出がないけれど、悩《なや》み事や相談事なら幾らでも聞くよ。まともに意見が言えないのがあれだけど。

「よっし、じゃあ、話を戻すぜ」

そこからはいつものヒュールミに戻り、俺の機能やお金はどうなっているのか等、根掘《ねほ》り葉掘《はほ》り聞かれた。

ちなみに彼女との会話中に、ラッミスは夢の住民になっていたことを付け加えておく。

あれから毎日、ヒュールミは俺から飲食料品を買ってくれる。

そんなある日のこと、いつものようにやってきたヒュールミが、ペットボトルの材質を

調べたいらしく、飲み終えてもこれは消さないでくれと頼《たの》んできた。

別に断る理由もないので承諾《しょうだく》すると、嬉しそうに口元を緩《ゆる》めて「お礼に、何か役立つ道具作ってやるぜ」と言い、立ち去っていった。

そういえば、ヒュールミって有名な魔道具《まどうぐ》技師だったな。ラッミスの話だと発明品も多く、結構儲かっているらしい。

あの洞察《どうさつ》力と頭の良さを目《ま》の当たりにしているので、それを聞いて素直《すなお》に納得《なっとく》できた。

そんな彼女がお礼に開発してくれる魔道具か、期待が高まるな。


更《さら》に数日が過ぎた頃、ヒュールミがスキップを踏《ふ》みそうなぐらい軽い足取りで、俺に歩み寄ってきた。

「ハッコン、例のブツ持ってきたぜ」

言い方が怪《あや》しいけど、前に言っていた魔道具のことだよな。

差し出されたそれは、卵形の昔に流行《はや》った携帯《けいたい》ゲームを彷彿《ほうふつ》とさせる形状をしている。

大きさも手の平に隠《かく》れるお手頃サイズだな。

何だろうこれ。小さな画面らしき物もあるから、ますます携帯ゲームにしか見えなくなってきた。

「これは魂の翻訳《ほんやく》機能付き魔道具だ。ハッコンが魔道具に宿る魂だということを考慮して、話せないなら、魂に直接介入《かいにゅう》して心の声を聞けばいいだろ、ってことで開発した道具だぜ」

それが本当なら凄《すご》いが。幾《いく》ら魔法や加護なんて摩訶《まか》不思議パワーが存在する世界でも、それは無理だろ。そりゃ、加護ならありうるけど、それを道具でどうにかするのは不可能だと思う。

「おっ、ハッコン、もしかして疑ってねえか」

「いらっしゃいませ」

「素直だな。嫌いじゃないぜ、そういうの。一応説明するとだな、魔物には相手の思考を読む加護を所有している個体がいてな、そいつは厄介《やっかい》な魔物で有名なんだが、そいつが稀《まれ》に赤黒い宝石を落とすんだ。でだ、その宝石を道具に埋《う》め込んで、内部には魔力を増幅《ぞうふく》させる魔法陣《まほうじん》を描《えが》きこんでいるってわけだ。ちなみに、適当に描けばいい訳じゃないぞ、その大きさ模様、色ですら関係してくる。まあ、そこは秘密なんだが、それを盗《ぬす》もうとする魔道具技師が結構多くてな、その法則と技術を文章に残せないから頭に全部叩《たた》き込んでいるんだぜ」

魔道具関連の話をしている時のヒュールミは生き生きとした表情をしている。俺について調べている時もそうだが、こういったことが本当に好きなようだ。

好きこそ物の上手なれを体現しているな。

「すまねえ、また話が逸《そ》れちまったな。どうにも技術的なうんちくを語ると、長くなっちまっていけねえ。でだ、つまりこの魔道具があれば、ハッコンの心の声を聞くことができるって代物《しろもの》だ。まだ試作品だから、お試《ため》しにはなるが」

これが本当ならとんでもない発明だよな。こ、心の声が聞こえるのか……妙《みょう》なことを考えたら、変態扱《あつか》いされそうだ。無心で無心で。あ、そうすると声が聞こえなくなるのか。

「でよ、これ使っても構わねえか？　ほら、他人に知られたくない声が聞こえたりするかもしれないだろ。だからさ」

う、うーん、若干怖《こわ》いけど、もしかして会話ができるかもしれないって事の方が重要だ。自動販売機になってからは煩悩《ぼんのう》も減ったし、きっと大丈夫《だいじょうぶ》だろう。

「いらっしゃいませ」

「お、大丈夫なんだな。ありがとうよ！　じゃあ、早速《さっそく》試させてもらうぜ。このボタンを押すと、近くにいる魂の存在である相手の声が、魔道具から聞こえてくるって寸法だ。じゃあ、押すぜ」

彼女も緊張《きんちょう》しているようだが、俺も体が硬《かた》くなるぐらい緊張している。いや、元から硬いけど。

ヒュールミの細い指がスイッチを押した。ここで、俺が何か心で思い浮《う》かべたら、それが言葉になるのか。って今、こうやって話している心の声は再生されないのだろうか。

『あー、彼女欲しいな』

俺より無機質な合成音声が魔道具から聞こえてきた。

えっ、い、いや、そんなこと思ってないよ!?　ち、違《ちが》うって。そんなこと思ってないから。

ヒュールミが半眼でこっちを見ている。ち、違《ちが》うって。そんなこと思ってないから。自動販売機で彼女欲しがるって、どうかしているだろ!?

「ハッコンって、意外と俗物《ぞくぶつ》だったんだな」

「ざんねん　ざんねん」

って、これ連呼したら自分が残念な人みたいだ！

「何やってんだハッコン。って、ヒュールミも一緒《いっしょ》か」

歩み寄ってきたのは、髪《かみ》の毛を綺麗《きれい》に剃《そ》った、眩《まぶ》しく輝《かがや》く頭がトレードマークのカリオスか。

「おう、門番のカリオスじゃねえか。今から仕事か？」

「ああ、ゴルスの野郎《やろう》が俺を起こさないで先に行きやがったから、今から門に向かうところだ。ハッコン、いつもの頼んでいいか。今日は、あの疲《つか》れが取れる水で頼む」

疲れが取れる水と言うのはスポーツドリンクのことだよな。あとのいつものセットは、成型ポテトチップスとおでん缶《かん》。

「ありがとうございました」

「おう、じゃあ、急いでいるからまたな」

手を上げて、背を向けたカリオスが門へと向かっていくタイミングで、またも魔道具に反応があった。

『顔はいいくせに、あの胸と性格が残念だよな。もったいねえ』

ヒューールミの表情が段々険しくなってきている。

いやいや、違うよ！　今のは思ってもないから！　ってか、今の絶対、カリオスの心の声だって！

と、熱弁を振《ふ》るって誤解を解きたいのだが、話せないっ！

完全に勘違《かん》いしているヒューールミに半眼でじっと睨《にら》まれている。やばい、どうにかして、犯人がカリオスだと伝えなければ。

俺は缶ジュースを取り出し口に落とし、〈結界〉を使い、カリオス目掛《めが》けて弾《はじ》き飛ばした。

缶を当てることは叶《かな》わなかったが、カリオスの足下に転がっていき、気づいたようで拾ってこっちに持ってきてくれている。

「おい、ハッコン。商品が飛んできたぞ。ここに置いておくからな」

「ありがとうございました」

これで、ヒューールミがさっきの心の声がカリオスだと気づいてくれたら。

『尻《しり》は魅力《みりょく》的なんだがな』

「えっ」

魔道具から聞こえてきた声に反応したカリオスの口から声が漏《も》れた。

ずっと俺を睨んでいたヒュールミの首がギリギリとゆっくり回っていき、射殺すような視線がカリオスに向けられる。

「お、え、な、何だ!?」

状況《じょうきょう》が摑《つか》めないカリオスが、どうしていいかわからず、こめかみに汗《あせ》を浮かべている。

「ほおおぅ、カリオスはオレのことを胸と性格が残念だと思っていたわけか。へえええええええええええぇぇぇ」

こ、怖い。低く威圧《いあつ》感のある声を放つ、ヒュールミは目を細めて笑《え》みを浮かべているのだが、その目の隙間《すきま》から覗《のぞ》く瞳《ひとみ》が冷たい視線を突《つ》き刺《さ》している。

「な、何で、俺の思っていたことが……はっ」

失言だったな、カリオス。自ら認めるとは。

理解はしていないが、身の危険を感じ取ったのだろう。ぽんっと手を打ち合わせて「あ、仕事だった」わざとらしく呟《つぶや》くと、脱兎《だっと》の如《ごと》き勢いで走り去っていった。

「くそがっ……すまなかったな、ハッコン。誤解していた、この通りだ」

「いらっしゃいませ」

　何とか助かったようだ。しかし、冷静になると、この魔道具凄いな。何故《なぜ》か俺の心の声は拾わないけど、カリオスの強い想《おも》いというか欲望はバッチリ聞こえていた。

「ハッコンの声は聞こえねえけど、心の声が聞こえるって意味では成功か。改良の余地ありだな」

　完成品が楽しみでもあり、怖くもある。心の声が聞こえるということは、さっきのような惨事《さんじ》が待っていそうで。

「んじゃ、もう少しいじってから――」

『さっきの尻は魅力的ってのは、ハッコンじゃないのか、ふーん、ちっ』

ん？　え、今の魔道具から聞こえてきた声って。

「へっ、えええっ、う、うわあああっ！」

　顔面を真っ赤にしたヒュールミが魔道具を地面に叩きつけて、俺が止める間もなく粉々に破壊《はかい》してしまった。

　ヒュ、ヒュールミさん？

「あ、ああ、やっぱ、故障しているみたいだな。一から作り直しだぜ、あはははは。じゃあな！」

　くるっと背を向けた彼女の一瞬《いっしゅん》だけ見えた横顔は真っ赤で、そのままカリオスにも負けない勢いで走り去っていった。

今日は波乱万丈《はらんばんじょう》な一日だったけど、ヒュールミの意外な一面が色々見られて得したな。

そう思うことにした。

ちなみに、あれからヒュールミはもう一度、同じものを作ろうとしたのだが、二度と心の声が読める魔道具は出来上がらなかったそうだ。

驚異

壁掛《かべか》け燭台《しょくだい》がその部屋には四つ設置されていた。

薄暗《うすぐら》い室内の中心には巨大《きょだい》な丸い机があり、それを取り囲むように十三の人影《ひとかげ》が並び座っている。

誰《だれ》も口を開かず沈黙《ちんもく》が支配している場で、一人の女性がすっと立ち上がった。

「みんな、よく集まってくれた。定例会議を始めるわよ。今回の議題はもちろん——アレよ」

アレという不審《ふしん》な何かを指す言葉に、一同が騒《ざわ》めく。

「まさか、奴《やつ》らがここにまで手を伸《の》ばすとは」

「ああ、油断していた」

「対策を練らねば、一瞬にして滅《ほろ》ぼされるぞ」

物騒《ぶっそう》な言葉が次々と彼らの口から漏れ、悲痛な呻《うめ》き声も聞こえてくる。

薄明りに照らされた顔はどれも暗く、生気が感じられない。

「静粛《せいしゅく》に。現在わかっている情報をまとめておいた……頼《たの》むよ」

女性に促《うなが》されて隣《となり》に座っていた、エプロンスカート姿のメイドのような格好をした女性が立ち上がり、手にした資料を開く。

「では、アレは開放されたダンジョン内階層の七割を手中に収めています。そして、今回ここにも手を伸ばしてきました。我々は今こそ一致《いっち》団結してアレの排除《はいじょ》に努めなければいけません。そこで、今回、切り札としてある御方《おかた》をお招《まね》きしています。では、一言いただけますか」

「いらっしゃいませ」

清流の湖階層の集落で飲食業を営んでいる面々の会合に、強制参加させられた俺はそう口にすることしかできないでいた。

こういった会合は年に三度決まった月日に開かれていて、真面目《まじめ》な話をする場合もあるのだが、基本的にはお互《たが》いの情報交換《こうかん》と後は雑談で終わる。

しかし、今回は特別に急きょ開かれた会合であり、全員の表情に余裕《よゆう》は微塵《みじん》もない。切羽詰《せっぱつま》った様子が見ているだけで伝わり、正直居心地《いごこち》は悪い。

「ハッコンさんは何か意見があれば、いつでもどうぞ」

ムナミにさん付けをされると気持ち悪いです。この人、役割になりきるタイプなのか。

優秀《ゆうしゅう》な秘書官っぽいイメージでやっている気がする。

「話を続けさせていただきます。現在、この集落には大量の人々が流れ込んでいます。百人程度だった人口が膨《ふく》れ上がり、今や住民は五百人近いのではないかと噂《うわさ》されています」

「最近、活気がありますからなぁ」

「本来なら喜ぶべき事態なのだが」

集落は復興作業で人手が幾《いく》らあっても足りないぐらいなので、本格的な冬を迎《むか》える前にせめて外壁《がいへき》だけは整えようと、最近人の出入りが激しかった。何とか、敵の侵入《しんにゅう》を防げる程度の杭《くい》の壁は揃《そろ》えたらしく、ほっとしているという現状だそうだ。

「人が増え、飲食業界としては嬉《うれ》しい限り……だったのですが、その事により奴らが動き出してしまいました。ダンジョンの食を全《すべ》て制覇《せいは》するという目的の、最強最悪の食堂——鎖《くさり》食堂がっ！」

「くそう、ここはあいつ等がいないから、儲《もう》かると思っていたのによっ！」

「俺なんて別階層で商売していたのに、やつらが集落の食需要《じゅよう》を全て奪《うば》っていきやがった！」

悲劇の主人公のようなノリで騒《さわ》いでいる飲食店主を眺《なが》めながら、話を頭でまとめていく。

つまり、このダンジョンの各階層には人々の集まる集落があり、そこに飲食店を出店している大手がいるってことだよな。つまり迷宮《めいきゅう》チェーン店か。

今までは人口が百前後だった為《ため》、利益が低いと思われて手を伸ばしていなかった。だが、最近の人口増加を見て儲け時だと判断したようだ。

その大手チェーン店の名前が鎖食堂というらしい。彼らが出店する店舗《てんぽ》は飲食店とは思えない規模《きぼ》で、飲食はもちろんだが、保存食や携帯《けいたい》食料も取り揃えてあり「食の全てが揃う鎖食堂」というのがキャッチフレーズらしい。

鎖食堂は契約《けいやく》農家から直接仕入れ、中間業者を挟《はさ》まないことにより低価格高品質を可能にしている。転移陣《じん》を運営している業者とも繋《つな》がりがあり、格安で利用できるので食料の運搬《うんぱん》費がかからず、値段品質で一般《いっぱん》の飲食店が太刀《たち》打ちできないという状況だ。

そして、鎖食堂が出店した集落は、他《ほか》の飲食業が蹂躙《じゅうりん》されていくという最悪な展開が待っている。

これって現代日本でも良くある話だよな。地方に大型店舗が建ち、商店街や小売店が軒《のき》並《な》み潰《つぶ》されて商店街がシャッター街になった前例なんて幾らでもある。

「奴らはこの時期を狙《ねら》っていたのでしょう。冬を迎え、食材が高値で取引され我々が価格設定で頭を悩《なや》ます、この時期に。あっちは食材を新鮮《しんせん》に保つことが可能な魔道具《まどうぐ》を大量に所持しているようで、冬場でも変わらぬ料理を提供できるそうです」

つまり大型冷蔵庫みたいなものなのかな。

ここの飲食店の八割が露天《ろてん》で営業しているので、そんなものがある筈《はず》もない。材料が仕入れられなかったから、今日は休むなんて当たり前のことだったりする。

「転移陣も奴らが手を伸ばしているのでしょう、露骨に値上げを始め食材の流通が滞《とどこお》っています。我々は本気で追い込まれている現状です」

「くそぉ、俺たちは蹂躙《じゅうりん》されるだけなのかっ」

「うちには可愛《かわい》い子供たちがいるんだぞ。どうやって冬を越《こ》せばいいってんだっ」

机に拳《こぶし》を叩《たた》きつけ、悔《くや》しがっている店主たちの動作が——芝居《しばい》がかっている。ちらっ、ちらっ、とこっちに視線を向けているのがなぁ。

ここまでの茶番劇で俺がここに呼ばれた理由が把握《はあく》できた。この状況を打破する為の対《たい》抗《こう》策を俺に求めている。

正直、自動販売機《じどうはんばいき》としては大手チェーン店がやってこようが、それ程《ほど》、影響《えいきょう》はない。こっちは二十四時間営業も可能だし、鎖食堂が真似《まね》できないような商品を幾つも取り扱《あつか》っている。カップ麺《めん》のフリーズドライ製法を、異世界の住民が可能にできるとは思えないし。

だけど、ここの住民を俺は気に入っているし、ラッミスのこともあるので住民に親切にしておいて損はない。俺がいつか壊《こわ》れて使い物にならなくなった時に、彼女の居場所を確保しておく為にも。

あとは学生時代に老夫婦が営んでいた、お気に入りの店が、大型店舗に潰された苦い過去があるので、そのリベンジを異世界で果たすというのも悪くないよな。

「ということで、ハッコンさん協力してもらえませんでしょうか！……手伝ってくれたら、宿屋が復旧した際にはラッミスの宿泊費《しゅくはく》を半額にするよ」

ムナミのボソッと呟《つぶや》いた後半部分に生身だったら反応していたな。うーん、そんな交渉《こうしょう》しなくても手伝うつもりだったが、ラッミスの得になるなら断る理由は消滅《しょうめつ》した。

「いらっしゃいませ」

「ありがとうございます！　ハッコンさん」

「おおっ、ハッコンが協力してくれれば、百人力……百箱力だぜっ！」

「これで、何とかなるかもしれねえなっ！」

沸《わ》き立つのは結構なのだけど、これって俺の責任重大だよね。何か勝ったつもりで盛り上がっているけど、何も手伝えなかったらどうするつもりなのだろうか、この人たち。

ため息の一つも吐《は》きたかったが、決まった言葉が流れるだけなので、ぐっと堪《こら》えた。


「ここが鎖食堂なんだ。噂には聞いていたけど、すっごく立派だね」

「とうとう、この階層にまで出店しやがるのか」

ラッミスとヒュールミと一緒《いっしょ》に敵情視察に来ている。今、店の前なのだが、流石《さすが》にショッピングモール程の規模《きぼ》は無いが、この異世界で見た建造物でならハンター協会に次ぐ巨大な建物だ。

天井《てんじょう》はドーム型で一階建てのように見える。木材の湾曲《わんきょく》したパネルを並べてはめ込んだような円形の店舗か。集落で異彩《いさい》を放っているデザインだな。

入り口の扉《とびら》は大きく、原色に近い黄色の上着を羽織った店員らしい人が、大声を張り上げて客引きをしている。

「いらっしゃいませ、いらっしゃいませ。食の事なら何でも揃う、美味《うま》い安い便利でお馴《な》染《じ》みの鎖食堂！　鎖食堂でございます！　開店記念として全品今なら何と、半額、半額で提供しております！」

何だろう、懐《なつ》かしい気分になる。日本では結構良く見かける光景なのだが、異世界では異質のようで、物珍《ものめずら》しさに店内に足を踏《ふ》み入れる人波が途《と》切《ぎ》れない。

かなり繁盛《はんじょう》している。知名度の高さと実績も影響を与《あた》えているのか。新しくこの集落に来た人が、小さな商店よりこっちを選びたくなる気持ちは理解できる。

「おやおやおや。これはこれは、敵情視察でしょうか」

客引きをしていた華奢《きゃしゃ》な男が、揉《も》み手《で》をしながら歩み寄ってきた。顔に張りついている営業スマイルが胡散臭《うさんくさ》い。

「て、敵情視察って何でわかったんですか」

「ラッミス……背中背中」

額に手を当ててヒュールミが疲《つか》れたように頭を振《ふ》っている。

そりゃ、俺を背負っていたら誰だってわかると思うよ。目立っている自覚は無いのか。

「それが噂のハッコンという意思ある魔道具ですか。うちの社長も気にしていましてね。どうです、うちで働いてみませんか。好待遇《たいぐう》は保証しますよ」

まさかの勧誘《かんゆう》だと。冗談《じょうだん》で言っているという感じじゃないな、目が笑っていない。

相手側からしたら俺が一番邪魔《じゃま》な存在なので、いっそのこと陣営に引き込もうって腹積もりか。

「ハッコンは、そんなところで働いたりしないよ。ずっと、うちと一緒にいるんだからね。ねえ、ハッコン」

「いらっしゃいませ」

「ほーらね」

何でラッミスが胸を張ってドヤ顔をしているのか。でもまあ、異世界に転生したのだから、普通《ふつう》の安定した職場は正直興味ないかな。というより、ここで働いたらスーパーに置かれた自動販売機と大差ない気がする。

「それは残念ですね。まあ数ヶ月もしたら、自分から売り込みに来そうですが。では、こちらは忙《いそが》しいので失礼します」

自分から寄ってきておいて何を言っているんだ、この人は。

興をそがれたので、二人はこのまま帰るのかと思ったのだが、何もしない訳にはいかないようで俺を背負ったまま店内に入っていった。

自動販売機と一緒でも問題ない間口の広さで、店内は壁で隔《へだ》たれることもなく広々とした空間になっている。右手の方は物品の販売所か。干し肉や日持ちのする食料を提供しているようだ。主にハンターを狙った商品っぽい。

中央から左に向かってカウンターが伸《の》びていて、その奥には調理場がある。そこで注文をして商品を受け取るタイプのようだ。

他には長机が並び、椅子《いす》が等間隔《とうかんかく》で置かれている。あれだ、フードコートと同じシステムに見える。

ラッミスは肉と黄緑色の野菜が入ったパスタ。ヒュールミはパンと白身魚のムニエルのような物を頼んだ。

見た感じでは両方美味《おい》しそうに見えるが、食堂に普通に置いていそうな料理で特に変わった印象は無い。

「んー、普通に美味しいね」

「ああ、何と言うか想像通りの味だな」

二人は特に感動もなく淡々《たんたん》と食べている。味覚が備わっていないので、味比べができないのが辛《つら》いが、味は美味しいそうだ。でも、食べた時の喜びが全く伝わってこない。俺の商品を食べる時は二人とも嬉しそうなのだが。

「美味しいんだけど、何だろう。普通だよね」

「ハッコンの食事に慣れちまったせいか、驚《おどろ》きと言うか感動がねえな。普通に美味い」

成程な。チェーン店にありがちな一定水準は超《こ》えている味というやつか。

万人に受けるように尖《とが》った味付けはせずに、百点を目指すのではなく七十点以上を狙う味。それが悪いという訳じゃない。どの店舗も味を統一しなくてはならないから、複雑で手間暇《てまひま》がかかる味付けはできない。それに低価格を売りにしているのだから、材料費にも限度がある。

おまけに調味料が貴重なので、この世界では塩味や薄味《うすあじ》が基本らしい。

そこに付け入る隙《すき》があるかもしれない。

メニューも定番を押さえている感じか。ふむふむ、攻略《こうりやく》の糸口が見つかったかな。

打倒　鎖食堂！

「では、第二回、打倒、鎖《くさり》食堂殲滅《せんめつ》大集会を始めます！」

「うおおおおっ！」

暑苦しい男のノリに、ついていけていない女店主たちの、恥《は》ずかしそうに拳を突《つ》き上げる動作に萌《も》えそうになる。

今日も前回と同じ面子《メンツ》でやるようだ。司会進行はムナミで決定なのか。

場所は、宿屋の女将《おかみ》さんが臨時で営業しているテントの中だ。机と椅子の殆《ほとん》どが壁際《かべぎわ》に寄せられているので、結構スペースに余裕《よゆう》がある。

「今回は対抗策として新メニューの開発についてです。皆《みな》さんには前回通知しておいたので、試食品を持ってきていらっしゃいますよね。では、まずは私たちから」

そう言って試食品の料理が丸テーブルの上に置かれ、店主たちが味を確かめて意見を交《か》わしている。全員が料理を提出し終わったのだが、正直どれもパッとしない。

既存《きそん》の料理に少しアレンジを加えた程度で、味の方はわからないが他の人の反応を見ている限りでは、芳《かんば》しくないようだ。

「では、ここで今回も参加していただいたハッコンさん。何か助言はありませんか。例えば私の試作品はどう？」

俺の目の前に突き出された料理は、とろみのあるスープのかかったパスタのようだ。クリームパスタのようにも見えるが、にしては色が白ではなく黄色だ。

「ええと、ハッコン困っているみたいだから、うちとヒュールミが食べて感想を伝えるから、それで何とかならない？」

「いらっしゃいませ」

ああ、そうだった。今日は臨時ゲストとしてラッミスとヒュールミも参加している。客側からの意見も欲しいからだそうだ。

俺の味覚の代わりをしてもらえるなら、助かるよ。

「ハッコンが良いって言ってるから、ムナミ食べていい？」

「うんうん、是非《ぜひ》お願い。ヒュールミもよろしくね」

「味覚にはあんま自信ねえんだけどな」

二人は黄色のスープパスタを口に運ぶ。黙《だま》って咀嚼《そしゃく》してから、二人は口を拭《ぬぐ》った。

「うん、美味しいと思う。ただ、味が少し薄いような？　スープは動物の出汁《だし》だと思うけど、とろみは野菜からかな。もうちょっと濃厚《のうこう》な方がパスタに絡《から》んで美味しいと思うよ」

「確かにそんな感じだな。パスタはもうちょっと硬《かた》めに茹《ゆ》でた方が良くねえか。パスタにスープを吸い込ませる余裕を持たせた方が、食いやすいと思うぜ」

二人とも的確な意見じゃないか。ラッミスは手料理が得意らしくて、味も一流の料理人に匹敵《ひってき》するとヒュールミが自慢《じまん》していたのは嘘《うそ》ではないようだ。そんな料理を幼少から食べている彼女も同様に舌が肥えているのか。

「ちょ、ちょっと待って。メモするから。ええと、ハッコンは何かある？」

動揺《どうよう》してムナミが素《す》に戻《もど》っている。俺の意見か……二人の改善策以外に思いついたことか。あークリーム系の濃厚パスタなら、これどうだろう、ホワイトクリーム系パスタ。

缶《かん》に入ったスープパスタもあるのだが、長時間スープに浸《ひた》されることが前提になるから、普通のパスタとは違《ちが》うものを使っているので、参考になるかは微妙《びみょう》だったりする。

なので、俺が出すパスタはフェリーで置いてあった、特別製の自動販売機《じどうはんばいき》で売られていたパスタだ。こっちはスープとパスタが別になっているので、自分で封《ふう》を切ってかけるレトルトタイプで缶と比べたら手間がかかるが、味は結構良かった記憶《きおく》がある。

「ふわっ、これってパスタと袋《ふくろ》？　ええと、これ温かいけど封を切れってことよね。何かハサミの絵が描《か》いてあるから、ここを切り取って中身を注ぐ……白くて茸《きのこ》と燻製《くんせい》肉かしら。味は……んぐっ、美味しい！　濃《こ》い目の味付けでとろみも強い。これって動物の乳なのね。うんうん、だとしたら……」

どうやら参考になったようで、メモを手に調理場へと向かっていった。

そんな彼女を見送った店主たちは一斉《いっせい》に俺たちに群がり、二人は試作品を次々と試食する羽目になっている。

揚《あ》げ物の露店《ろてん》をしている人には、から揚げとフライドポテト。

温かいスープが自慢の店主には、豚汁《とんじる》、シジミ汁、味噌《みそ》汁を。味噌《みそ》が存在してなさそうだが、店主のインスピレーションを刺激《しげき》したようで、何度も頷《うなず》いていた。

双子《ふたご》の女性はスイーツを提供しているそうなので、鹿児島で食べたことのある透明《とうめい》の瓶《びん》に入ったクレープを取り出す。この自動販売機に置いてあるクレープは地元では結構有名らしく、種類も豊富でかなり美味しい。

クレープは女性陣《じん》に好評で、色気たっぷりのシャーリィさんの店で働いている女性たちに受けそうだ。あそこの近くに露店を構えたら、結構儲《もう》かりそうな気がする。

そんな感じで、各店舗《てんぽ》の得意分野に合わせた料理の提示と、二人からのアドバイスを聞いて各自メモを取り、あれやこれやとメニューの開発にこの場で取り掛《か》かっている。さて、じゃあ、ここからは商売だ。

「あれ、ハッコンまた形変わったけど、これって卵？」

そう、今度は卵の自動販売機にフォルムチェンジをした。実は卵の自動販売機というのは意外とポピュラーで、日本各地で見かけることが多い。

食材の手配が上手《うま》くいってないそうなので、卵が飛ぶように売れて行く。更《さら》に地方で良く見かける野菜の自動販売機に変化すると、またも店主たちが奪《うば》い合うように購入《こうにゅう》していった。

スープパスタとクレープに必須《ひっす》なので、もちろん牛乳も販売しておく。ただ、生肉を売っている自動販売機には出会った経験がないのでどうしようもない。以前は食品衛生法に絡んでくるから日本では置けなかったけど、変更があって今は冷凍の肉を置けるようになった。でも、冷凍だと解凍に時間がかかるし、肉の質もいいからそれなりに値段もする。大食いには向いていない。肉の提供はハンターたちに頑張《がんば》ってもらおう。価格はかなり良心的な値段にしておいた。食材の販売は飲食店の店主たちにかなり好評だったので、週に一度だけ食材を販売する時間を確保することに決定する。冬の間だけでも頼《たの》むと懇願《こんがん》されたので、了承《りょうしょう》することにした。

あれから三日が経過し、今日が飲食店で取り決めた一斉蜂起《ほうき》の日となる。

今日から飲食店の営業時間帯は食べ物を置くことを控《ひか》え、彼らの活動を後押しする。飲料も彼らの新メニューに合いそうなものをチョイスしておいた。

勝負は鎖食堂が開店セールを実施《じっし》中の一ヶ月。この間に客の流出を防ぎ、胃袋を鷲摑《わしづか》みにする。

鎖食堂は利益が出ないと判断すると、即座《そくざ》に撤退《てったい》することでも有名らしいので、開店セール中に売り上げが悪ければ、清流の湖階層での出店を取りやめる可能性が高い。

やることはやったので、あとは結果を待つだけだ。各店舗が良く見える場所に配置してもらったので、今日一日じっくりと観察しておこう。

午前中は全店舗が準備に追われ、昼を迎《むか》える直前に一斉に活動を始める。

「今日から新メニューを販売するよ！　ズュギウマをカラッと揚げた若者に大人気の一品！　さあ、お試《ため》しあれ！」

「肉の旨味《うまみ》を封じ込めた至高の一品。ここでしか味わえない味だよー」

「こってりした物を食べた後に、優《やさ》しい甘さの可愛いお菓子《かし》はいかがですかー。中身の果物は自由に選べますよー」

大声を張り上げ、露天商の面々が呼び込みを始めている。

鎖食堂が出店してきてから二週間が過ぎ、客が目ぼしい料理はあらかた味を確かめたタイミングで、露店に見たこともない商品が並ぶ。

そして、露店に並ぶ料理の数々は常習性のある俗《ぞく》に言うジャンクフードばかりだ。栄養バランスも悪くカロリーも高い物ばかりになるが、この世界の人々は現代日本に比べてカロリーの消費量が半端《はんぱ》ない。

そもそも、冬場は野菜を滅多《めった》に摂取《せっしゅ》できないのが当たり前の世界で、そんなことを気にすることと自体が間違っている。この時季に野菜が入っていると割高になるので「栄養バランスを考えて野菜を入れました。だからお値段高めです」なんて言ったら客は寄り付かない。ハンバーガーを置いている露店は中にレタスを挟《はさ》んでいるだけでも、贅沢《ぜいたく》なのに安いと絶賛されているぐらいだ。

露店ごとに特色が出るよう料理が被《かぶ》らないようにしているが、今のところ、から揚げが一番売れ行きがいい。次いでハンバーガー、そしてたこ焼きっぽい物だ。蛸《たこ》が無いので肉が入っているらしい。たこ焼きソースは俺が提供している。自動販売機で普通《ふつう》に売っていたので、生前何度か購入していた。

ハンター協会前の広場が露店地帯なので、依頼《いらい》を達成して懐《ふところ》が温まっているハンターたちが即座に購入できるという立地条件もプラスになっているようだ。鎖食堂は広い敷地《しきち》面積が必要なので、少し離《はな》れた場所に店舗を構えている。冬の寒い時期だとそこまでの移動すら億劫《おっくう》に感じる人が多い。

そして、露店から立ち上る湯気と食欲を揺《ゆ》さぶる匂《にお》い。この誘惑《ゆうわく》に耐《た》える方が難しいだろう。味の方はラッミスとヒュールミのチェックが入り、かなり自信のある仕上がりになっているようで、店主たちは自信満々だった。

「あれ、これは何なんだ」

露店で立ち食いをしていたハンターの一人が、店主に名刺《めいし》大のカードを渡されて首を傾《かし》げている。

「これは、一つ買ってもらったら判を一つ押すんだ。全て埋《う》まると協力店で一銀貨分割り引いてもらえるって寸法さ」

「へえー、面白《おもしろ》いな。って、ここの店だけじゃなくてもいいのか」

「ええ、店の前にこのカードの絵が描かれている店ならどこでも、いけますぜ」

これこそが秘策第二段。ポイントカードの導入だ。協力店と言うのはもちろん、あの会議に参加していた店主たちが経営する飲食店だ。

このポイントカードをどうやって彼らが思いついたのか。そのきっかけは俺だったりする。カードを入れてポイントが貯《た》められる自動販売機というのは、今ではそう珍《めずら》しくない。

そしてメーカーによっては商品を買う際にポイントカードを貰《もら》えるものもあり、俺はその機能を得て、実際にカードを落として理解してもらった。

まあ、店主たちは意味がわからなかったのだが、ヒュールミが使い方を理解してくれて、彼らに教えてくれた。ヒュールミの洞察力には助けられている。

俺のにわか知識と二人のアドバイスにより、清流の湖階層の飲食店が奮起した結果、かなり優勢に事が運んでいる。目新しさで客を引き留めている状況《じょうきょう》だが、今はそれでいい。

短期間こちらが優勢でいれば、鎖食堂は撤退してくれるのだから。

昼はこちらが圧倒《あっとう》的に優勢で、視察に来た鎖食堂の呼び込みが悔《くや》しそうに睨《にら》んでいたのが印象的だった。

夜は冷え込みが厳しいので露店は早々と店を閉めたのだが、昼にポイントカードを使える店を宣伝しておいたので、宿屋の臨時テントやポイントカードを使える店に人が流れ込んでいる。

昼とは逆に野菜をふんだんに盛り込んだスープや炒《いた》め物が、低価格で提供されているので、昼間こってりした物を食べた人や、老人と女性に人気のようだ。

もちろん、低価格で提供できる理由は俺がギリギリの値段設定でやっているからなのだが。それでもポイントはマイナスになっていない。鎖《くさり》食堂が撤退したらライバルになる飲食店に塩を送るような真似《まね》をしているが、それでいいと思っている。

ラッミスはハンターとして活躍《かつやく》をしたいという望みがあるらしい。今は集落の復興を最優先にしているが、冬を越《こ》えれば再びハンター活動を始めたいと思っている筈《はず》だ。なら、集落の食を安定させておいた方が、人も集まり集落が寂《さび》れることは無いだろう。

それに、ラッミスは俺に遠慮《えんりょ》をしている節がある。俺が必要以上に集落から求められている状況なので、彼女が動きにくいという現状も打破したい。

とまあ、色々考えてはみたが本音は……折角、異世界に転移したからには色々見て回りたいし、もっと異世界を堪能《たんのう》したいよな。

っと、お客が来た。まずは自動販売機の仕事をこなしてからだ。

「いらっしゃいま　せ」

「よう、ハッコン。中々楽しいことしているな。ちょっと男同士……お前、男だよな？　まあ、それは今どうでもいいが。お前さんに、相談事があるんだよ」

ケリオイル団長のいつもの軽薄《けいはく》そうな表情を見て、嫌《いや》な予感を告げる警報が鳴りやまなかった。

遠征と駆け引き

Reborn as a Vending Machine, I Now Wander the Dungeon.

「冬が過ぎてからで構わないんだが、俺たちの遠征《えんせい》に付き合う気はないか？」

ケリオイル団長の急な申し出に俺は一呼吸もおかず、

「ざんねん」

と答える。その頼みごとは予想通りだったので、迷う必要がなかった。

俺が行くということはセットでラッミスもついてくるということだ。勝手に判断していい事案じゃない。彼女の判断に任せよう。

「相変わらず即答するな、ハッコンは。なあ、もしかして俺って嫌《きら》われているのか？」

「いらっしゃいませ」

「お前なぁ……お得意様には愛想《あいそ》よく接するものだぜ。それに、こんなことは言いたくないんだが、お前さんを救出に行くときに進んで立候補したんだけどなー。別に恩を着せるつもりはないが、ハッコンを救出するのに団員から怪我《けが》人もでたんだけどなー。いや、別にだからといって、どうこうってわけじゃないけどよー」

確かに団長というか愚者《ぐしゃ》の奇行《きこう》団には借りがある。それは重々承知しているのだが、ケリオイル団長の胡散臭《うさんくさ》い雰囲気《ふんいき》が苦手なのだ。ただの憶測《おくそく》なのだが、笑って人を裏切りそうな気がする、この人。

だけど、相手の言い分もごもっともだ。愚者の奇行団が力を貸してくれたから、あっさり盗賊《とうぞく》団を殲滅《せんめつ》できたって話だしな。

「いらっしゃいませ」

「お、少しは打ち解ける気になったか。まあ、ラッミスにも話を通してからってことだよな。雪解けまでには時間がある。のんびり考えておいてくれや」

そう言ってケリオイル団長は立ち去った。これって俺があれこれ頭を悩《なや》ませても意味がないな。ラッミスがどうしたいか、それだけだ。

って、今は打倒鎖食堂だった。夜も更《ふ》けてきたので、各店舗《てんぽ》も店じまいのようだ。先日までと比べて、どの店も軽く三倍を超《こ》える客入りだったと思う。大盛況といっていいだろう。この調子で二週間耐えることができれば、望みはある。

団長の話は取り敢《あ》えず措《お》いておいて、集中しないとな。

あれから評判が評判を呼び、日に日に客が増えて行き、二週間も過ぎると客の大半をこちらが奪《うば》い返していた。

この数日、夕方から夜にかけて雪が降る日が多く、住宅地から近いハンター前広場の飲食店に暖を取りに入る人が増えたのも、ついていたな。

鎖食堂が開店してから一ヶ月が経過すると、あっさりと清流の湖階層の集落から撤退《てったい》した。この引き際《ぎわ》の潔《いさぎよ》さも大手チェーンらしいといえば、らしいのだが。正直肩透《かたす》かしをくらった気分だ。

店主たちは喜んでいるので、不満がある訳じゃないのだが。ここまで見事な引き際だと裏があるのではないかと疑ってしまう。何にせよ春に向けて、ハンターの活動時期に入った時の憂《うれ》いは消えたかな。

そうそう、愚者の奇行団が春になったら遠征に付き合わないかと誘《さそ》ってきた件なのだが、ラッミスと相談の結果、受けることにした。

彼らの遠征は往復二週間かかるかどうからしく、目的はとある魔物《まもの》の偵察及《ていさつおよ》び、可能なら討伐《とうばつ》となっている。

同行を決めた話し合いをした時は、ラッミスと俺とヒュールミもいた。人に聞かせる内容じゃないので、幼馴染《おさななじみ》の二人で借りているテントに俺もお邪魔《じゃま》したのだった。

「愚者の奇行団と言えば、超《ちょう》有名どころだ。それに同行できるのなら、喜ぶべき事態なんだが……大丈夫《だいじょうぶ》か？」

「うーん、団長さんは戦うのが怖《こわ》ければハッコンを運ぶだけでいいって言ってたけど、私は戦いたい。そうじゃないと、うちはいつまで経《た》っても強くなれないから」

ぐっと拳《こぶし》を握《にぎ》りしめるラッミスの横顔がいつにも増して真剣《しんけん》で、少し怖いぐらいだ。

傍《はた》から見ているだけでも強い意志を秘《ひ》めているのがわかる。何故《なぜ》、彼女が強くなりたいのかは、ヒュールミが話していた生まれ故郷の出来事が原因だとはわかるが、それだけにしては……。

「ラッミス。あんた、やっぱり——仇《かたき》を討《う》つつもりかい」

「うん。あの日、私たちの村を襲《おそ》ったアイツを殺さないと、うちは自分を許せないっ！」

ラッミスの口から殺すという物騒《ぶっそう》な言葉が飛び出し、俺の体内でパーツが異音を上げる。

俺が誘拐《ゆうかい》された時も怒《いか》りを露《あら》わにしていたが、漲《みなぎ》らせた瞳《ひとみ》を見ていると保温効果が壊《こわ》れそうだ。

魔物が村を滅《ほろ》ぼしたという話だったが、アイツとは魔物の親玉なのだろうか。

「ラッミスが見たっていう、魔物を操《あやつ》っていた奴《やつ》のことか」

「アイツは、あの男は、笑いながら魔物を操っていた！　おかんとおとんを殺した時も、嬉《うれ》しそうにっ、笑ってたんやっ！」

叩《たた》きつけた拳が地面を穿《うが》ち、手首まで埋《う》まっている。

彼女が向いていないハンター稼業《かぎょう》を続けている理由が判明した。仇を討ったところで死んだ人が蘇《よみがえ》る訳じゃなく、無駄《むだ》な行ないだという人もいるだろう。

俺は偉《えら》そうなことを言える立場じゃないし、そんな経験をしたこともない。甘いことを言うなら、そんな殺伐とした考えは捨てて、ハンター稼業を営んで欲しい。

でも、こういうのは当人にしかわからない感情なのだ。同情はできるが、真に理解することはできない。なら、彼女の気の済むようにさせてあげたい。その為《ため》には自動販売機《じどうはんばいき》として尽力《じんりょく》を惜《お》しむつもりはない。

「なら、オレが何を言っても無駄か。愚者の奇行団なら何かあっても対応してくれる、と信じるしかねえ。それに、今は頼《たの》もしい相棒がいるしな」

口元に笑《え》みを浮《う》かべ、流し目を注ぐヒュールミに「いらっしゃいませ」と自信満々に答える。音声は一緒《いっしょ》なので、この気持ちが伝わっているかは怪《あや》しいが。

「心配してくれてありがとう、ヒュールミ。ハッコンもありがとうな」

取り乱していた自分を恥《は》じて、頭を掻《か》きながらはにかんでいる。彼女の背にいる限り〈結界〉で守り通せるが、戦闘《せんとう》で他《ほか》にも何か手伝えないだろうか。

盗賊団が貯め込んでいた硬貨《こうか》を大量に吸収したので、ポイントが凄《すご》いことになっているのだが、加護を覚えられるほどじゃない。もし、ギリギリポイントが届いたとしても、ある程度余裕《よゆう》を持ってないと、何があるかわからないからな。それは前回の誘拐事件で身に染みた。

能力を得るなら機能一択《たく》だろう。幾《いく》つか候補があるのだが、消費ポイントが尋常《じんじょう》じゃないので踏《ふ》ん切りがつかないでいる。数万ポイントを注いで、予想通りの効果が期待できなかったら、暫《しばら》く立ち直れないぐらい落ち込みそうだ。

「うじゃうじゃ、悩むのはやめとこうぜ。それに春までには、まだまだ時間がある。ってか、もう遅《おそ》いから寝《ね》るぞ。明日も朝から瓦礫《がれき》の撤去《てっきょ》作業が待ってんだろ」

「うん。じゃあ、寝よっか！　あ、ハッコン今日はうちらのテントで寝ていいからね」

「こんな美女二人と寝られるなんて、最高だろ」

確かに最高だけど、生身じゃないからな。間違《まちが》いが起こることもない。

改めてテント内を観察してみるが、結構場所を取る俺が入っても邪魔にならないぐらい、テント内部は広々としている。円形の中心部に一本支柱が建っていてテントの屋根部分を支えている、かなりしっかりとしていて住み心地《ごこち》は思ったより良さそうだ。

室内にはタンスとベッドが二つずつ。頑丈《がんじょう》そうで天板の広い木製の机。あと、工具と魔道具の部品らしいものが転がっている。あれは間違いなくヒュールミのだ。

女性二人が暮らす部屋にしては殺風景だが、机の上に置かれているカーネーションが辛《かろ》うじて女性っぽさを演出してくれている。プレゼントして良かったよ。

「あ、ハッコンからもらった、お花は大切にしているからね」

「へぇえ、ラッミスにだけプレゼントを渡《わた》したのか。あー、オレって三日前誕生日だったんだがなー。そういや、今年は誰《だれ》にも何も貰《もら》ってねえなぁー」

「ああっ！　ごめん、すっかり忘れてた。明日、何か美味《おい》しい物食べに行こうね」

「ありがとよ、ラッミス。でだ、ハッコンは何かくれねえのか？」

半分冗談《じょうだん》なのだろうが、彼女の知識にはお世話になっているし、これからも力を貸してもらいたい。そんな彼女に相応《ふさわ》しい商品となると、実は既《すで》に決まっているのだ。

ただ、この商品は他の人に渡すと悪用されかねないので、周囲にバレずに渡す機会を窺《うかが》っていた。なので、この状況《じょうきょう》は丁度いい。

「なーんてな。冗談だから、真に受けるな……おおおおおっ！　こ、これはっ！」

赤と白の細長いボディーに変化した俺を、抱《だ》きしめるようにヒュールミが摑《つか》んでいる。

その瞳は爛々《らんらん》と輝《かがや》き、口は荒《あら》い呼吸を繰《く》り返している。

目が怖い、目が怖い。食いつくとは思っていたが、ここまでの反応を見せるとは。

「ガラス板の向こうに、色んな道具があるね。あ、ヒュールミが好きそうなのばっかり」

そう、今回は工具の自動販売機だ。品は、安全メガネ、マスク、コンベックス（メジャー）、手袋《てぶくろ》、八種類のドライバーセット、撥水《はっすい》加工に優《すぐ》れたナイロンヤッケとなっている。

工具専門店の自動販売機なので品質も良く、手袋だって抗菌防臭《こうきんぼうしゅう》加工を施《ほどこ》し通気性に優れ滑《すべ》り止めもついている。ヒュールミにしてみれば喉《のど》から手が出るぐらい、欲しい逸品《いっぴん》だろう。

「ね、値段は幾らだ！　ラッミス、足りなかったら貸してくれ！」

「え、あ、うん」

目を血走らせて迫《せま》るヒュールミの迫力《はくりょく》に気圧《けお》されているな。こういった品は職人にも売れるのは理解しているのだが、技術の流出を何処《どこ》までしていいのかが悩みどころなのだ。だから、基本的には消耗品《しょうもうひん》しか置かない事にしている。

ヒュールミは悪用しないと信じているので、こうやって提供することに抵抗《ていこう》はない。手持ちの現金を確認《かくにん》しているが、今回は誕生日プレゼントだから料金を貰う気はないよ。

商品一式を取り出し口に落とすと、全《すべ》て掴み天に掲《かか》げるようにして「おおおおおおぉお」と声を漏《も》らしている。あ、ラッミスが距離《きょり》を取った。

「ハッコンマジでいいのか貰っても！」

「いらっしゃいませ」

「ありがとう、愛してるぜっ！」

感極《きわ》まったヒュールミが俺のガラスに接吻《せっぷん》をすると、踵《きびす》を返して工具を机に並べて試《ため》している……って、びっくりしたー。まさかキスされるとは。こういう時、触感《しょっかん》が無いってのは辛《つら》いな。ま、まあ、悪い気はしないけど。

「ハッコン、嬉しそう……」

何を仰《おっしゃ》っているのでしょうかラッミスさん。何故、半眼でわたくしめを睨《にら》んでいらっ

しゃるのでしょうか。

「むぅー」

頬《ほお》を膨《ふく》らませて拗《す》ねている顔もなかなか、とか余裕を見せている場合じゃないな。

それからラッミスの機嫌《きげん》を取る為に、あれやこれやと好きそうな商品をプレゼントしたのだが、一日不機嫌なままだった。

見栄とプライドと自動販売機　その一

Reborn as a Vending Machine, I Now Wander the Dungeon.

「ハッコン様、ヒューールミ様、折り入ってお願いがあります！」

昼過ぎの人の波が途絶《とだ》えた時間に、ハンター協会の前で相槌《あいづち》専門としてヒューールミと魔道具談議に花を咲《さ》かせていると、黒服サングラスの一団に取り囲まれた。

そして、訳のわからないまま、全員から頭を下げられている。

特徴《とくちょう》的な格好なので、スオリのボディーガードたちだと直《す》ぐにわかったのだが、お願いの前にまず説明が欲しい。

「おいおい、訳がわかんねえぞ。ちゃんと説明しねえと、ハッコンも困るだろうがよ」

そうそう、それが言いたかった。助かるよ、ヒューールミ。

「失礼しました。あと一時間もしないうちに、スオリお嬢様《じょうさま》が頼みごとをしにくると思われます。その時に快く承諾《しょうだく》していただきたいのです」

「いや、だからよ、どんな頼み事なんだ」

ヒューールミのもっともな質問に答えず、黒服たちが肩《かた》を寄せ合って円陣《えんじん》を組んでいる。

そして、何やら小声で相談をしていると、

「今から話すことは内密に願います。実は近日中に有力商家が集まり、お抱《かか》えの魔道具技師と魔道具のお披露目会《ひろめかい》が開催《かいさい》されるのです」

イメージ的には貴族のお抱え絵師みたいなものか。金持ち共が集まって、魔道具技師が作った魔道具の自慢《じまん》大会を開催するって事だよな。

「旦那《だんな》様がいらっしゃれば何の問題もなかったのですが、商談で遠方にいまして、直ぐに帰ってこられる状況ではないのです。運悪くお抱えの魔道具技師様も同行しているので、参加する魔道具技師がいない状況でして」

「そこで、俺とハッコンに目を付けたってことか」

ヒュールミの指摘《してき》が正しかったようで、黒服一同が一斉《いっせい》に頭を下げている。

でも、旦那様とやらがいないなら、不参加で良いような。

「でもよ、上の人間がいないなら不参加でいいんじゃないか？」

ヒュールミと怖いぐらいに考えが一致《いっち》している。偶然《ぐうぜん》だとは思うが……前に作った心を読める魔道具の完成品持っていないだろうな。

「それが、今回の催《もよお》しを計画されましたのが、スオリお嬢様と何かと張り合っている商家のお嬢様でして……あちらも親の代理人として参加されるそうで、そうなるとお嬢様も引けなくなり……」

「見栄《みえ》の張り合いか。金持ちってのも大変だな」

ヒュールミの皮肉に、黒服たちが申し訳なさそうに頭を掻いている。

事情は理解できたが、どうしようか。スオリはお得意様の一人なので、参加しても構わないけれど、ヒュールミはスオリと接点すらなかった筈《はず》だ。

「スオリお嬢様は若干《じゃっかん》……少し……結構……その素直《すなお》になれない性格でして、きっと、高飛車な態度で接してこられると思われます」

うん、それは同意する。容易に想像がつくよ。だから、彼らが前もって接触してきたのか。

「ですので、どうか——え、お嬢様が近くまで！　予定より早すぎる。わ、我々が先に接触したことは、どうか御《ご》内密に！」

黒服の女性が男に耳打ちしたかと思うと、蜘蛛《くも》の子を散らすように黒服たちがいなくなった。忍者《にんじゃ》のような身のこなしだな。

「なんか、あれだ……あの黒服たち苦労してそうだよな」

「いらっしゃいませ」

「スオリお嬢様か。何度かハッコンから買っているのを見たことあるが、ちっこい奴《やつ》だよな」

「いらっしゃいませ」

そうそう。あのツインテールで気の強そうな女の子だよ。

再会してから暫く、悪戯三昧《いたずらざんまい》で態度悪かったからな。全部未遂《みすい》で終わったけど。

実際はそんなに悪い子ではないのだが、あの時は何か嫌《いや》なことがあったようでタイミングも悪かったようだ。

と、話をしていると彼女がやってきた。

少し胸を張り堂々と歩く姿はいつも通りなのだが、相手を見据《みす》える強気な瞳《ひとみ》の焦点《しょうてん》が定まっていない。緊張《きんちょう》しているみたいだな。

俺の隣《となり》でミルクティーを飲んでいるヒュールミを見つけて、スオリの目が一度だけ大きく見開かれたのを見逃《みのが》さなかった。

俺の前にたどり着くと、俺とヒュールミを交互《こうご》に見つめている。

言い出しにくいのはわかるが、言葉の代わりに無言の圧力が体中から溢《あふ》れ、子供らしからぬ気迫を感じるぞ。

「あ、あの……もしかして、貴女《あなた》様は、かの有名な魔道具技師ヒュールミ様でいらっしゃいますか」

こうやって話していると、普通《ふつう》のお嬢様に見えるな。いつもの小生意気な姿ばかり見ているので違和《いわ》感があるが。

「おう、そうだぜ。お嬢ちゃんは誰なのかな」

「これは申し遅《おく》れました。わらわ……私はスオリと申します。ぶしつけでありますが、ヒュールミ様とハッコン様にお願いしたいことがありまして」

腹をくくったようだな。真剣《しんけん》な眼差《まなざ》しが俺とヒュールミを射貫《いぬ》いている。

「一時で構いませんので、私のお抱え魔道具《まどうぐ》技師と、その発明品として力を貸してくださいませんか！」

プライドと自尊心《じそんしん》の塊《かたまり》である少女が深々と頭を下げている。それ程《ほど》までに今回の一件は少女にとって重要なのだろう。

建物の陰《かげ》から見守っている黒服たちが、口元に手を当てて落ち着かない様子が見える。初めてお使いに行く子供を見守る心配性の親みたいだ。

「こらこら、子供がそんなことするんじゃねえよ。頭上げな」

「で、では、了承《りょうしょう》していただけるのでしょうか」

「そうだな。ちゃんと理由を話してくれたら考えても良いぜ。あと、その堅苦《かたくる》しい話し方を止《や》めて、自然に話してくれるならな。なあ、ハッコン」

そう言ってウィンクをしたヒュールミを、珍獣《ちんじゅう》でも見るようにまじまじと覗《のぞ》き込んでいる。スオリが今まで接したことのないタイプなのだろう。

「え、ええと、口調が少しきつくなっても、怒《おこ》りません？」

「子供はちょっと生意気なぐらいがいいんだよ」

「では。ヒュールミさん、ハッコンさん、どうか、わらわを助けてはくれませんか」

うんうん、聞き慣れたこの口調の方がしっくりくる。じゃあ、本音を聞かせてもらおうか。

「我が商会と因縁《いんねん》のある競合店がありまして、そこに性格と目つきと声と顔の悪い小娘《こむすめ》がおりますの。父上がいない時を見計らって、お披露目会《ひろめ》をやりましょうと、いけしゃあしゃあと申し出てきましたの。ほんっと、あの小憎《にく》たらしい顔を思い出すだけで……きぃいいいっ！」

地団駄《じだんだ》踏《ふ》んでいるな。思い出すだけでも腸《はらわた》が煮《に》えくり返るような想《おも》いをしたのか。

スオリの豹変《ひょうへん》ぶりにヒュールミの頬が引きつっている。

「あら、失礼しました。そのお披露目《ひろめ》会というのは、お抱えの魔道具技師に作らせた魔道具を……ぶっちゃけ、自慢するだけの下らない集まりですわ」

あれ、スオリは集まりに肯定的《こうてい》じゃないのか。意外だな。

「とはいえ、断ってはお父様の威信《いしん》が地に堕《お》ちてしまいますわ。娘として、あの高慢《こうまん》ちきな小娘の顔を屈辱《くつじょく》塗《まみ》れにしないと気がすみません」

本当に仲が悪いんだな。子供とは思えない邪悪《じゃあく》な笑《え》みを浮《う》かべているぞ。

商人としての面子《メンツ》というよりも、その女の子に負けたくないだけのような。

「どうでしょうか、報酬《ほうしゅう》は支払《しはら》います。お力を貸してもらえませんか」

　俺としては問題ないどころか、相手に興味が出たので引き受けるつもりなのだが、ヒュールミはどうなのだろうか。

　そう思って視線をヒュールミに向けると、ニンマリと口角を吊《つ》り上げて……楽しそうだな。あ、俺と同じこと思っていそうだ。

「おう、いいぜ。楽しそうだからな。引き受けた」

　そっちが快く承諾《しょうだく》するなら、俺からの返事は決まっている。

「いらっしゃいませ」

「ありがとうございますっ」

　花が咲いたように笑うスオリは、年相応の可愛《かわい》らしさがあり、見ているこっちが幸せな気持ちになれた。

　何が待ち受けているかは不明だが、正直に言うと少し楽しみだ。


　それから数日が過ぎ、俺たちは特設のテントに連れていかれた。

　ダンジョンの外に行けるのかとワクワクしていたのだが、スオリまでこの階層を離《はな》れるわけにはいかないらしく、急遽建《きゅうきょ》てられた臨時のテント内でのお披露目《ひろめ》会となった。

　テントと言っても、やたらと凝《こ》ったデザインの布を使ったテントで、正直、復興中の清流の湖階層ではかなり浮いている。

中はシンプルなデザインなのだが、毛並みのいい絨毯《じゅうたん》が敷《し》いてあるところが金持ちアピールなのだろう。

現在、俺はすっぽりと大きな布に包まれていて、視界確保用の小さな穴しか開いておらず、お世辞にも視界良好とは言えない状態だ。

「ハッコン、見えているか」

「いらっしゃいませ」

隣で俺を気遣《きづか》って囁《ささや》いているのは、ヒュールミか。

今回の設定は魔道具技師ヒュールミが製作した新たな魔道具が、俺ということになっている。

ヒュールミの魔道具技師としての知名度と腕《うで》だけでも充分《じゅうぶん》自慢できるレベルらしいが、とことん相手のお嬢様を叩《たた》きのめしたいらしい。

自慢じゃないが、普通の魔道具で自動販売機《じどうはんばいき》としての俺の性能を上回れるとは思えない。

相手のお嬢さんがちょっと可哀想《かわいそう》に思えてきた。

テントの端《はし》でお披露目《ひろめ》会とやらが開始するのを待っているのだが、次々と魔道具技師らしき連中がやってきて、同時に布を被《かぶ》せられた物が運び込まれているな。

布の被さった魔道具らしき物の数は全部で五か。隣には白衣を着た研究者っぽい男女が立っている。たぶん、あれが魔道具技師か。

布が被さった物の大きさは様々で、俺の半分にも満たない物や、数倍の物まである。特設会場であるこのテントが、子供の頃《ころ》に一度だけ見たことのある、サーカスのテント並みに大きい理由が納得《なっとく》できた。

俺たちはテントの端にいるのだが、中心部には絵に描《か》いたような金持ちの格好をした、老若男女が集まって談笑《だんしょう》している。

その中に、スオリもいるな。さてと、目の敵《かたき》にしている、お嬢様《じょうさま》は何処《どこ》にいるのだろう。年齢《ねんれい》も近いという話だったから、直《す》ぐに見つけられると……いた。

背丈《せたけ》もほぼ同じで、服のデザインも似通っているな。色はスオリが赤を基調としていて、相手は青か。

髪《かみ》色は銀で癖《くせ》のない髪が足首まで伸《の》びていて、肌《はだ》は高級和紙の様に真っ白だ。目は細めで目尻《めじり》が少し下がり気味なので、大人しそうな感じだが。

笑う時も上品に口元を押さえて、元気はつらつのスオリとは正反対の可憐《かれん》さがある。

見た目のお嬢様勝負では負けている気がするが、それは言わないでおこう。

見栄とプライドと自動販売機　その二

Reborn as a Vending Machine, I Now Wander the Dungeon.

金持ち同士の雑談が盛り上がっている。さっさと、お披露目《ひろめ》会を始めてくれませんか。

隣のヒュールミもかなり暇《ひま》らしく、大口を開けて欠伸《あくび》をしている。スオリは慣れているらしく、見事に猫《ねこ》を被って良家のお嬢様っぽく振舞《ふるま》っているようだ。

あの、青色ドレスのお嬢様に対しても、にこやかに会話を交《か》わしている。あれが取り繕《つくろ》っている態度なら、見事に本心を隠《かく》しているぞ。

っと、大人たちへ優雅《ゆうが》に礼をしたスオリとライバルのお嬢様がこっちに向かってくる。

近づくにつれて二人の表情がくっきりと見えるようになってきたのだが……あ、うん、この二人仲悪いわ。

一見、肩《かた》を並べて微笑《ほほえ》んでいるように見えるのだが、両者とも頬《ほお》が痙攣《けいれん》している。声も聞こえてきた。

「スオリ様。無理なさらないで、今回は羨《うらや》ましそうに、指をくわえて見学されても良かったのですよ」

「おほほほほ。そんなことはあり得ませんわ。カナシ様こそ虚弱《きよじやく》体質なのですから無理をなさらないでくださいね。驚《おどろ》きのあまり心臓が止まっては、わらわの良心が痛むので」

「あらあら、無い良心がどうやって痛むのでしょうか」

「うふふふ。身体《からだ》と性格だけではなくて、耳まで悪いのかしら。心配ですわー」

子供の会話とは思えないぐらい棘《とげ》があり、ぎすぎすしている。

肩と額をぶつけ合いながら、俺の前までやってきた。隣に立つヒュールミの顔が見えないのが残念だが、たぶん、渋《しぶ》い顔をしていると思う。

「そう言えば、スオリ様。こちらの方が急遽《きゆうきよ》用意した魔道具技師ですか」

「ええ、そうですわ。超優秀《ちようゆうしゆう》な方で、もちろん魔道具も腰《こし》を抜かすほどの高性能で、貴女のところとは比べ物に……いえ、比べては可哀想になる出来ですわよ」

おー、自信満々だな。俺とヒュールミを信用してくれているようだ。

相手のカナシと呼ばれたお嬢様の反応は——表情は穏《おだ》やかに見えるが、薄《うす》く開けられた瞼《まぶた》から覗く瞳が笑っていない。

「ふ、ふーん。女性の魔道具技師ですか。知的な感じはしますが……まあ、いいでしょう。今の内に思う存分強がっていればいいですわ。では、後程、みじめに悔《くや》しがる顔を見せてくださいませ」

これで高笑いでもしながら立ち去れば完璧《かんぺき》だったのだが、他人の目があるのでそこは自

重しているようだ。

「あああもうっ、ムカつきますわ！　お二人とも不快な思いをさせて申し訳ありません」

「いや、むしろ、やり取り面白《おもしろ》かったぞ」

「いらっしゃいませ」

これが大人の女性同士なら恐怖《きようふ》を感じたかもしれないが、可愛らしい女の子のやり取りだと、背伸びしている芝居《しばい》を観《み》ているように思えて応援《おうえん》したくなった。

「御《お》見苦しいところをお見せしましたわ。そろそろ、時間のようです。出番まで、もう暫《しばら》くお待ちください」

待っている間、暇だったのでヒュールミの魔道具談議に聞き入っていると、タキシードに似た服装をした男性がテントの奥に進み出てきた。そして、両腕を大きく広げている。

「紳士淑女《しんししゆくじよ》の皆様《みなさま》、ようこそ、おいで下さいました。無用な前置きは省かせていただきます。これより、お披露目《ひろめ》会を開始致《いた》します」

あの人は司会進行役か。後は出番までのんびり見物させてもらおう。

予《あらかじ》め順番を決めていたらしく、俺たちの許《もと》にやってきた黒服の一人が「お二方は最後になります」と耳打ちしてくれた。

一番目は肥え太り、両手の全《すべ》ての指に指輪をはめた、理想的な小物風金持ち姿の男か。

隣《となり》に並んでいるのは、対照的に痩《や》せ細っている白衣の神経質そうな男。こっちが魔道具《まどうぐ》技師か。

魔道具に被さっている布を取り外して現れたのは……何だこれ。人の腰ぐらいまでしかない高さの円柱。直径は手の平サイズか。

パッと見た感じの印象は使いにくそうな棒。使い勝手が悪そうだよな、短すぎて太い。何の魔道具なのだろう。

「これはどういった魔道具なのでしょうか」

「これですか、これは、様々な武器に変形する魔道具です」

おおっ、中二心をくすぐる魔道具じゃないか。

「へええ、オレもそれを考えたことはあるが、楽しみだぜ」

ヒュールミの声が弾《はず》んでいる。魔道具のことに関すると血が騒《さわ》ぐようだ。

痩せた魔道具技師がそれを台に載《の》せて何やら操作すると、円柱に切れ目が入り変形していく。側面に柄《え》のような物を差し込み、円柱部分が分離《ぶんり》して組み替《か》わると斧《おの》へと変化した。

次にその斧は大剣《たいけん》となり、更《さら》に槍《やり》にもなった。刃物《はもの》としての切れ味もそれなりで、一般《いっぱん》的な武器と比べても見劣《みおと》りしない。

が、会場の反応は薄い。ヒュールミも大きく息を吐《は》いただけで、一言も発していない。

どうやら呆《あき》れているようだ。

それもその筈《はず》、この魔道具、自動で分離して結合するなら万能武器として売れるだろう。

だけど、これ全部手動なのだ……自分で解体して、パズルのように組み合わせないといけない。

一生懸命《けんめい》組み立てている魔道具技師の後ろ姿に哀愁《あいしゅう》を感じた。

二番手、三番手、四番手もそう珍《めずら》しい物ではなく、市販されている物を改造した程度の代物《しろもの》だった。隣で解説してくれているヒュールミによるとだが。

「お、最後から二番目だったのか、あのお嬢ちゃんの魔道具は。自信ありげだったよな。お手並み拝見といこうぜ」

ここまでが大して面白くない魔道具ばかりだったので、今度こそはと期待しているのか。

「わらわも、ここで見学させてもらっても構いませんか。ヒュールミさんにご教授願いたいので」

「おう、いいぜ。こういうのは一緒《いっしょ》に見た方が楽しいからな」

何だかんだ言っても、スオリも気になっているようで、カナシお嬢様を見つめている。

相手の魔道具技師は背も高く、筋肉質な体をしていて、白衣が今にも千切れ飛びそうだ。技術職よりもハンターやった方が良さそうな体型だ。

魔道具はそれなりの大きさで、体格のいい技術者とほぼ同サイズか。あの布の下には何が隠れているのか、今度こそ期待させてもらおう。

「では、説明させていただきます。まずはご覧ください」

布を取り外すと、そこには金色の人形があった。目の部分には赤い玉が眼球代わりに埋《う》め込まれているようだ。それ以外は、女性用マネキンを金色に塗《ぬ》っただけにしか見えない。

正直、デザインセンスは皆無《かいむ》だと思う。

「皆様ご存知だとは思いますが、魔物には木人魔《もくじんま》、岩人魔《がんじんま》、土人魔《どじんま》といった人の形を模した魔物が存在しています。それを参考に生み出された、人の命令を聞く人型の魔道具。それがこの作品です」

つまり、ファンタジーで言うところのゴーレムだよな。人が生み出した魔法生物で有名なのは。そういった存在は既《すで》にあるのかと思っていたのだが、この異世界ではなかったのか。

そう言えば、ヒュールミと初めて会った時に魔道具に知能を持たせるのは不可能って話をしていたような。

それを思い出して視線をヒュールミへ向けると、険しい表情で鋭《するど》い視線を金色のマネキンに注いでいた。

「まさか、あいつ……」

低い声で呟《つぶや》く姿に嫌《いや》な予感がしたのだが、俺には聞きだす術《すべ》がないので、マネキンを警《けい》戒《かい》するしかない。

「知能のある魔道具というのは、魔道具技師の夢でありました。それをこの私が実現したのです！　論より証拠《しょうこ》と申します。今から起動させますので、その目でお確かめください」

悪趣味《あくしゅみ》な金色のマネキンの後ろに回り、背中を弄《いじ》っていると赤い目に光が灯《とも》った。

直立不動状態だったマネキンがゆっくりだが腕《うで》を上げていき、胸に手を当ててお辞儀《じぎ》をした途端《とたん》、会場が「おおおおっ」とざわつく。

「スオリのお嬢ちゃん。何かあったら、ハッコンから離《はな》れるなよ。それと、お友達のあのお嬢ちゃんもこっちに呼んでやれ」

「な、何で、カナシを私が呼ばな――」

「死んで欲しくなかったら、呼ぶんだ。ハッコン、いざという時は守ってくれよ」

反論を口にしようとしていたスオリだったが、ヒュールミの険しい表情を見て、その言葉を呑《の》み込んだ。

「オレの考えが杞憂《きゆう》なら何の問題もねえんだが、当たっちまうと……やべえぞ」

「わ、わかりましたわ。何のことかわかりませんが、怪我《けが》をさせてしまっては取り仕切っているわらわの沽券《こけん》に関わります。ちょっと、行ってきますわ」

「できるだけ、早めにな」

おもむろに頷《うなず》くと、スオリが自慢《じまん》げにこっちの様子を横目で窺《うかが》っている、カナシの許《もと》へと駆《か》け寄っていく。

「ハッコン、以前、オレが魔道具に知能を持たせることは、無理だって話をしたのを覚えているか？」

「いらっしゃいませ」

「今のところ、その技術は発見されていない。だが、人の魂《たましい》を宿らせれば、可能性は皆無じゃない。けどな、それはあまりに危険な行為《こうい》なので魔道具技師協会により禁止されている。以前、愚《おろ》かな魔道具技師がいてな。巨大《きょだい》な岩の人形に人の魂を宿らせて、意のままに操《あやつ》れば強力な兵士になるって考えたわけだ。その結果、制御《せいぎょ》できずに一つの町が滅《ほろ》びた」

　つまり、あの魔道具技師は禁忌《きんき》に手を出した可能性が高いのか。ヒュールミが警戒するわけだ。最悪暴走する可能性を考慮《こうりょ》しなければならない。

「まあ、あいつがオレよりも優秀であれば、何の問題もねえんだがな」

　ヒュールミを超《こ》える技術者か。彼女が有能なのは知っているが、この世界でどの程度のレベルなのかは未《いま》だに不明なのだ。比べる対象が近くに居なかったから。

　っと、意識を戻《もど》さないと。考察よりもマネキンの動きを観察する方が優先だ。

　男の指示に従って、歩く、跳《は》ねる、物を運ぶ、武術の基本動作もこなしている。素人目《しろうとめ》には滑《なめ》らかな動きで、上手《うま》くやれているようだが。

「どうですか、皆さん。この素晴《すば》らしい魔道具は！　何でも従順に命令をこなし、決して歯向かうことのない優秀な」

悦《えつ》に入っているな。大袈裟《おおげさ》に両腕を広げ、熱心に語っている。

「スオリ様。こちらが製作した魔道具はどうです。人語を理解して、動く魔法の人形の出来はっ」

何とかカナシを連れてこれたようだな。自慢げに話し続ける彼女の言葉を聞き流しながら、スオリは反論もせずに何とか耐《た》えてくれている。

鬱陶《うっとう》しいとは思っている相手のようだが、その身は案じているようだ。口は悪いけど根は優《やさ》しい子だからな。こういうところはヒュールミと似ているかもしれない。

観衆から称賛《しょうさん》の言葉が投げかけられ、ご満悦の魔道具技師の隣で命令に従い、片膝《かたひざ》を突《つ》いた状態で待機しているマネキン。

このまま、何もなければそれでいいのだが。

『シ……コロ……シテ……』

えっ、今のは誰《だれ》の声だ。

「あら、話す機能はついていないと説明を受けていたのですが、秘密にしていたのですね。全く、良い意味で驚《おどろ》かされましたわ」

「そんな、いいものじゃねえよ。くそっ、当たっちまったか。嬢ちゃんたち、そこから動くんじゃねえぞ」

「わかりましたわ」

「えっ、えっ、どういうことですの」

一人状況《じょうきょう》が摑《つか》めていないカナシを無視して、話が進んでいる。

ヒュールミの緊迫《きんぱく》した雰囲気《ふんいき》。最悪の予想が的中したということなのだろう。

『コロシ……テ……ダレ……コロ……ス』

「ど、どうした。音声なんて付けていないぞっ、ど、どういうことだっ。て、停止させねばっ！」

魔道具技師が金色のマネキンの背後に回り、何かを操作しようとした、その時、マネキンの首がぐるりと回転して、男の顔を捉《とら》えた。

「ひ、ひぃぃぃ、非常停止ボタンを押したのに、何故《なぜ》止まらんっ」

『オマエガ……ネムリカラ……オコシタノカアアアアアアッ！』

マネキンが発した絶望の叫《さけ》びが会場に充満《じゅうまん》する。

腰《こし》が抜《ぬ》けたらしい巨体の魔道具技師が後退《あとずさ》っているが、マネキンが腕を前に垂らした体勢で、じりじりとにじり寄っている。

「バカが、人の魂を強引《ごういん》に人形に封《ふう》じ込《こ》めやがったかっ！　おい、黒服のあんた。あれを押さえつけてくれっ！　後はオレが何とかしてやる」

呆気《あっけ》にとられていた黒服たちだったが、すぐさま自分たちの役割を思い出したらしく、一斉《いっせい》にマネキンへと跳《と》びかかると、素早く腕と足を拘束《こうそく》して地面に押さえつけた。

流石《さすが》、護衛役といったところか、手慣れた動きだ。

ヒュールミが暴れているマネキンの背中にある、丸い宝石のような物に手を当てて、小さく息を吐《は》いた。

「魔法陣《まほうじん》により魂の逃《に》げ場を無くし、洗脳系の魔法も付与《ふよ》しているな……カスがっ。死者を冒瀆《ぼうとく》しやがって！」

激昂《げきこう》したヒュールミに睨《にら》みつけられた魔道具技師の顔面が蒼白《そうはく》になっていく。

「辛《つら》かったよな。寝《ね》ていたのに無理やり起こして悪かった。お前さんは何も悪くねえよ。今度こそ安らかに眠《ねむ》ってくれ」

マネキンに優しく囁《ささや》いたヒュールミの指が、宝石の上で何かを描《えが》いた。途端、狂《くる》ったように暴れていたマネキンの頭が静止して、赤い目の光が消えた。

「もう、安心していいぜ。束縛《そくばく》を解除して、魂を解放した。もう二度と動かねえ」

「ば、馬鹿なっ。私が幾年《いくねん》も研究を続け、ようやくたどり着いた技法だぞ。パッと見ただけで、解除できるわけがっ」

魔道具技師の男が目の前の現実を受け入れられずに、腰を抜かしたまま唾《つば》を撒《ま》き散らして、わめき立てている。

「はっ、こんなお粗末《そまつ》な方法で偉《えら》そうなもんだな。このオレ、ヒュールミの手に掛《か》かれば、蛙人魔《かわずじんま》の子供を潰《つぶ》すより容易《たやす》いぜ」

物騒《ぶっそう》な譬《たと》えだが、確かこの世界のことわざだったよな。蛙人魔《かわずじんま》の子供はオタマジャクシと似ていて、戦闘《せんとう》力がなく子供でも踏《ふ》み潰せる弱さらしい。

「ヒュ、ヒュールミ!?　あの、騒乱の天才児、ヒュールミかっ！」

「その呼び名やめろ」

男の叫びに、会場にいた魔道具技師たちが驚愕《きょうがく》の表情を浮《う》かべている。彼女は業界の中ではかなりの有名人らしい。

「ヒュールミってあの、魔道具技師教育校で、爆発《ばくはつ》やボヤ騒《さわ》ぎを何度も起こした、問題児だよな。成績は優秀だったらしいが」

「噂《うわさ》だと、強力過ぎる睡眠薬《すいみんやく》を作って、学校中の人々を眠らせたこともあったそうだぞ」

「水を浄化《じょうか》する薬を開発して、汚《よご》れた池に放り込んだら、浄化どころか水が全《すべ》て蒸発したって話を聞いたことが」

魔道具技師たちの話が聞こえたようで、見る見るうちにヒュールミの顔と首が真っ赤に染まっていく。

もう、やめてやってくれ。若い頃《ころ》の恥《はじ》を晒《さら》すのは、やめてあげてっ！

結果、マネキンは粉々に破壊《はかい》され、暴走させた魔道具技師は衛兵に連行された。

良くも悪くも有名人であるヒュールミの周りに人が集まり絶賛されている。照れながらも嬉《うれ》しそうにしている彼女の顔を見ていると、それだけで、今回の騒動を帳消しにする価値があったと思えた。

スオリも自分のお抱《かか》え魔道具技師が褒《ほ》められているのが満更《まんざら》ではないようで、ハンカチを噛《か》みしめて悔《くや》しがっているカナシに、満面の笑《え》みを浮かべて話しかけている。

面倒《めんどう》な騒動はあったけど、ヒュールミが認められてスオリも満足しているようなので、今回の依頼《いらい》は完遂《かんすい》ということでいいか。

ただ一つ、問題があるとすれば――俺、布を被《かぶ》ったままなのですが。出番ないのかな。

ねえ、存在を忘れられてない？

おでん缶

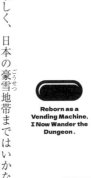

清流の湖階層の冬はかなり厳しく、日本の豪雪《ごうせつ》地帯まではいかないが常時五センチぐらい雪が積もっている。これ以上、雪が降り積もるならテントでは潰れてしまう可能性があるので、一メートル以上の積雪は滅多《めった》にない……と信じたい。

この階層の魔物は冬になると地中深く潜《もぐ》り冬眠するらしく、ハンターたちも討伐《とうばつ》依頼や素材集めが難しくなるので、集落に引きこもるというのが定番だと、おでんを食べながら門番のカリオスが零《こぼ》していた。

ただ、今年は復興作業があるので集落内で働き口に困ることがなく、いつもなら冬が訪《おとず》れたら別の階層に移動するハンターたちも、ここに留《とど》まっている。ミルクティーを片手に青年商人が稼《かせ》ぎ時だと嬉しそうに語っていたな。

俺はいつものようにラッミスが特定の場所で作業をする時は背負われて行き、夕方になったらハンター協会前で商品を売っている。

飲食店が店を閉める時間になるまでは飲料だけを置いて、それからは食べ物も並べるというのがパターン化している。外気がとても寒いというのは理解しているのだが、俺には温度を感じる機能が無いので全く苦にならない。

あっ、気温を測れる機能を追加してもいいな。次世代自動販売機《じどうはんばいき》と呼ばれる高性能なタイプには気温を計測して、おすすめの商品を提示する物もある。

ポイントは……そんなに高くないか。これは選んでもいいかもしれないな。

「うー、さみぃさみぃ。スープと煮物《にもの》、煮物」

夜も更《ふ》けて寒風吹《ふ》き荒《あ》れる中、商品を購入《こうにゅう》しようなんて物好きは少ない。聞き慣れた声と状況から見て、門番のカリオスで間違《まちが》いないだろう。

「ゴルス、お前は今日何にすんだ」

「甘いお茶」

「そればっかだな、お前は」

「お前も串《くし》で刺《さ》した煮物ばかりだろ」

今日はカリオスとゴルスが門番担当なのか。寒い中ご苦労様です。

彼らは温かい商品を購入した後、暫《しばら》く懐《ふところ》や服の内ポケットに入れて、カイロ代わりにするので、ちょっと商品を熱めに設定しておく。

「今日もあっつあつだな。ありがとよ、ハッコン」

「ありがとうございました」

「感謝する」

彼らは俺が気をきかせて温度調整をしていることをわかっているようで、いつもこうやって、お礼を口にしてくれる。

この集落に来てからラッミスの次に言葉を交《か》わしているのが、この二人かもしれない。まあ、一方的にカリオスが話して、俺とゴルスが相槌《あいづち》を打っているだけなのだが。

背を丸め厚手のコートの襟《えり》を立てた二人が、闇《やみ》の中に消えて行く。彼らを見ていると門の近くに設置してあげたいのだが、ラッミスが俺と離《はな》れることを拒《こば》むので、彼女たちのテントが見えるこの定位置から動くことは滅多にない。

いつもの二人を見送ると、視界の隅《すみ》に赤い何かがすっと入り込んできた。

ああ、またか。

それは血のように赤いワンピースを着込んだ一人の女性。といっても、半袖《はんそで》ではなくゆったりとした長袖《ながそで》に丈《たけ》の長い服で、たぶん中は厚着をしていると思う。

首に巻き付けているマフラーも真っ赤で、靴《くつ》、手袋《てぶくろ》も同様に赤く染まっている。そんな女性の顔なのだが、よくわからない。

長い黒髪《くろかみ》は腰の下まで伸《の》び、前髪は鼻先まで伸びている。唯一《ゆいいつ》見える口も真っ赤なルージュが塗《ぬ》られている。

深夜に赤一色の服装で佇《たたず》む不気味な女性。普通《ふつう》なら悲鳴の一つも上げて逃げ出してもおかしくない場面だが、俺は動けないし、悲鳴を上げる機能もない。

そして何より――見慣れてしまった。

この女性、結構頻繁《ひんぱん》に現れるのだ、それも夜にばかり。

夜の常連というだけでも珍《めずら》しいのに、この格好だ。嫌《いや》でも覚えてしまう。

夜に女性が一人で出歩くのは危険だと思うのだが、この女性に声を掛ける勇気がある人がいるのかと問われたら返事に困るな。

いつものように、おでん缶《かん》を購入すると、すーっと闇の中へと消えて行く。

自動販売機に転生する奴《やつ》がいるぐらいだ、お化けが存在していても不思議じゃない。でも、あの女性は実体もあるし、ちゃんと生きている。それに、おでん缶を手に取った瞬《しゅん》間《かん》、口元に笑みを浮かべるのだ。余程《よほど》のおでんマニアなのかもしれない。

どんな人でもお客には変わりない。それに、誰《だれ》もいない場所で一人――いや、一台佇んでいるよりは寂《さび》しくないので助かっている。

それにしても今日も寒そうだな。

「ふぅー、くっそ寒いのに夜中担当かよぉ」

「諦《あきら》めろ」

今日も丸坊主《まるぼうず》カリオスと角刈《かくが》りゴルスは夜中の見張りらしい。二人はこの集落の衛兵の中でもかなり腕《うで》が立つので、稀《まれ》に凶悪《きょうあく》な魔物が出没《しゅつぼつ》する夜に回されることが多い。

「さみいなぁ。マフラーもう一本巻き付けとけば、よかったぜ」

「相変わらず悪趣味《あくしゅみ》な色だ」

「はんっ、何とでも言いやがれ。俺の幸運を呼ぶ色は赤だからな。昔、よく当たる呪《まじな》い師に教えてもらったんだぜ」

正直、厳《いか》ついオッサンに赤のマフラーはどうかと思うが、人の好みはそれぞれ。当人が気に入っている物を着るのが一番だ。

「赤と言えば、あの噂があった」

「ああ、真っ赤な女の幽霊《ゆうれい》って奴か。最近深夜に目撃《もくげき》したって話をそこら中で聞くな。有害な幽霊なら退治しなくちゃならねえが」

この世界では幽霊ってのは恐怖《きょうふ》の対象でもあるが、討伐《とうばつ》可能な存在なのか。さすが異世界だ。この二人は怯《おび》えている素振《そぶ》りを全く見せていない。

噂の幽霊って確実に、あの女性の事だよな。俺も初めはお化けかと勘違《かんちが》いしたから、噂になるのも頷《うなず》ける。

二人はいつものおでん缶とミルクティーを手に取り、門の方向へと速足に向かっていった。そんな二人の姿が消える直前に、視界に割り込んできたのはいつもの赤い服の女性だ。

今更なのだが、彼女の出現条件について気づいたことがある。彼女はいつも、あの二人が現れて直《す》ぐにやって来る。そして、おでん缶を握《にぎ》りしめたまま、二人の後を追うように門の方向へと消えて行く。

流石《さすが》に、ここまで情報が揃《そろ》うと俺だって感づく。この赤い服の女性はカリオスが好きなのだろう。好物のおでん缶を買い、好きだと言っていた赤色の服で全身をコーディネートする。

若干《じゃっかん》ストーカー気質なところが怖《こわ》いが、遠くで見守っているのだから害はないだろう……たぶん。

じっと観察していると強めの寒風が吹き、彼女の前髪を掻《か》き上げる。その下から現れた顔を見て俺は息を呑《の》んだ。

澄《す》んだ瞳《ひとみ》に形の良い鼻。頬《ほお》を赤く染めた表情は素朴《そぼく》でありながらも、とても魅力《みりょく》的に見えた。思わず自動販売機用防犯カメラで録画してしまうぐらいに。

「カリオス様……」

初めて聞く彼女の声はか細く、夜風に掻き消されそうだったが、想《おも》いを秘《ひ》めた熱を感じさせた。

確かカリオスって恋人《こいびと》も嫁《よめ》もいなかったな。結構本気で口説けば落ちそうな気がするのだが、そんな勇気は彼女にはなさそうだ。それに相手の好みもあるだろうから、俺は温かく見守るしかできないか。

おでん缶を握り締《し》めたまま、ふらふらとカリオスの後を追うように、彼女もまた門の方向へと歩み去っていった。


「よーし、今日は非番だぜっ！　何すっかな」

カリオスが声を張り上げ、スキップでも踏《ふ》みそうなぐらい浮《う》かれた様子で俺の前に現れた。私服のカリオスを初めて見たが、まあ普通だな。ただ、赤のマフラーが浮き過ぎていて、昔の仮面なんたらの一号みたいだ。

「あの道具屋で備品でも購入したらどうだ」

ゴルスは今から見張りのようで、いつもの格好でミルクティーを購入している。

「おー、そ、そうだな。お前が言うなら、道具屋に行くか！」

あれ、何かソワソワしだしたぞ。ガラスに映る自分の姿を凝視《ぎょうし》して、服装に乱れが無いかチェックしているな。

それを眺《なが》めているゴルスが小さく「ふっ」と笑っている。

「よ、よーし、じゃあ何か手土産《てみやげ》でも……あっ」

「あ、あら、カリオスさん」

偶然《ぐうぜん》通りかかった女性を見てカリオスの背がぴんっと伸びた。女性の方も両手に荷物を抱《かか》えたまま硬直《こうちょく》している。

「ぐ、偶然ですね。今から道具屋に向かうところだったのですよ」

「そ、そうなのですか。私も今から戻《もど》るところで。あっ、そのマフラー鮮《あざ》やかな赤で素敵《すてき》ですね」

「そうですか。実は赤が好きでして」

カリオスの口調が丁寧《ていねい》で違和《いわ》感しかない。寒空だというのに額とこめかみに汗《あせ》が浮かんでいる。かなり緊張《きんちょう》しているようだ。

女性も視線が定まらず若干、挙動不審《きょどうふしん》だな。あれ、この二人もしかしていい感じ――あ、この女性の顔……見覚えが。カチューシャで前髪を上げているので顔が丸見えなのだが、あの赤い服の女性だよな。防犯カメラの映像と照らし合わせてみたが間違いない。

あれっ、もしかして相思相愛なのか。何だろう、祝福したいと思う反面、何故《なぜ》かいらっとする。

「カリオス、道具屋に行くなら荷物を持って差し上げたらどうだ」

おお、ナイスフォローだゴルス。

「そ、そうだな。宜《よろ》しければ、荷物持ちますすよ」

「あ、ありがとうございます」

荷物を受け取り、二人は肩《かた》を並べて歩み去っていく。その背を見つめていたゴルスは大きく息を吐《は》いた。

「やれやれ、さっさと付き合えばいいものを」

「いらっしゃいませ」

俺もそう思うよ。ゴルスに同意しておいた。


深夜、いつもの二人が自動販売機の前から立ち去ると、またも赤一色の女性――道具屋の店員が姿を現す。いつものようにおでん缶を握り締め、カリオスの背を見つめている。

「カリオス様。この想いをどうやって伝えれば」

正に恋する乙女《おとめ》だな。

ゴルスの話によると彼女は以前、集落内で素行の悪いハンターに暗闇へと連れ込まれそうになったところを、カリオスに助けられたそうだ。

それをきっかけに何かと話すようになり、気が付くとカリオスが本気で惚《ほ》れてしまっていたらしい。豪快《ごうかい》な性格のくせして女性には奥手らしく、中々一歩を踏み出せずにずるずると今の関係が続いている。

道具屋の女性も、その一件以来カリオスが気になるようで、傍《はた》から見ていればもどかしい関係でゴルスは何とかしたいと考えていた。

うーん、切《き》っ掛《か》けか。男性から声を掛けるのがベストなんだが、あんな厳つい顔して彼女の前では緊張して碌《ろく》に話せていないからな。

となると、彼女からアプローチをする理由があれば……ん、ああ、あれいけるんじゃないか。

「はあ、今日もこうして貴方《あなた》の好きな赤に身を包んで、後ろ姿を見つめることしか……えっ」

一人語りを始めた彼女を無視して、俺は身体《からだ》を変化させる。飲食店に野菜を提供する時の自動販売機《じどうはんばいき》へと。

「これはお野菜？」

小首を傾《かし》げている彼女の前で大根が納められている、ガラス張りのロッカーのような蓋《ふた》を開いた。

「あ、え、これを受け取ったらいいのかしら」

「いらっしゃいませ」

おどおどと大根を受け取った彼女を確認《かくにん》してから、今度は卵販売モードに変化した。そして、同じように卵を一パック提供する。

続いて今度は竹輪《ちくわ》も取り出し口に落とす。今更だが自動販売機の商品の豊富さには驚《おどろ》かされる。これはとあるパーキングエリアで見つけた物だ。

そして、最後にいつもの自動販売機モードに戻り、マニアックだがかなり気に入っている商品を並べた。ペットボトルに入ったアゴ出汁《だし》だ。

これは大阪の自動販売機で発見したのだが、値段が少し高い方はアゴ——つまりトビウオのことなのだが丸々一匹《いっぴき》入っている。

「あ、あの、ええと、こんなにも頂いて、あの、どうしたら」

止めにおでん缶を取り出し口に落とした。それを見て、彼女は目を見開き俺を凝視している。気が付いてくれたようだ。

「この食材で、この煮物《にもの》を作れということですねっ」

「いらっしゃいませ」

「あ、ありがとうございます！　これで、あの人を振り向かせてみせます！」

全《すべ》てを理解した彼女は俺に何度も頭を下げて、いつもとは違う門とは逆の方向に走り去った。彼女の一途《いちず》さを見ていると上手《うま》くいってほしいが、カリオスに春が来るのかと思うと、いらっとするのは仕方のないことだと思う。

「ゴルス、ハッコン恋っていいぞ！　毎日が輝《かがや》いて見える！　あ、そうそう、昨日なんだけどよ。彼女がまた手料理を作ってくれて、それが旨《うま》いのなんのって」

数日後、おでんを作った彼女が食事にカリオスを誘《さそ》い、それをきっかけに急接近した二人は恋人となった。それからというもの、毎日、俺とゴルスに惚気《のろけ》話を聞かせるのだ。

ゴルスは心底うんざりした顔で冷たい視線を注いでいるのだが、カリオスは全く気付いていない。毎回毎回、よくも飽《あ》きずに彼女のことをこれだけ褒《ほ》められるな。若干どころか、かなりうざい。

仲を取り持ったことを少し後悔《こうかい》しそうだ。

「てなことがあってよ。あ、そろそろ見張り交代の時間か。なら、いつもの買っていくか。彼女の手料理には劣《おと》るが、これはこれで旨いからなっ！」

浮かれ調子のカリオスがいつものように、おでん缶を購入《こうにゅう》して取り出そうとした。

「ひいぅあっ！　冷てぇ！　な、なんだ、ハッコン温まってないぞ！」

けっ、冷えたおでんでも食ってやがれ。

「カリオスさん、襟《えり》が曲がっていますよ」

「お、おう、ありがとう。今日は遅《おそ》くなると思うが、寂《さび》しくても泣くんじゃないぞ」

「はい。貴方の好きな煮物に卵をいっぱい入れて待っています。怪我《けが》にはくれぐれも気を付けてくださいね」

「お前を残して行くのは辛《つら》く、身が張り裂《さ》けそうだ……だけど、これも仕事だ。すまないっ」

「ええ、私もあなたと離《はな》れたくありません。ですが、貴方の仕事の邪魔《じゃま》をしたくはありません。涙《なみだ》を呑んで――」

　いい加減やめてもらえませんかね。毎日毎日、色ボケカップルが自動販売機の前でイチャイチャするのを。

　相棒のゴルスが額に手を当てて疲《つか》れ切っているじゃないか。二人で門番をすることが多いので、惚気《のろけ》話を延々と聞かされているのだろう。可哀想《かわいそう》に。

「ムナミさん、今日もいい天気ですね。最近では日差しも暖かくなってきて、絶好の散歩日和《びより》です」

「そうね。今日はお店の方は大丈夫《だいじょうぶ》なの？」

もう一組厄介《やっかい》なのが来た。青年商人と宿屋の自称《じしょう》看板娘《むすめ》ムナミだ。こっちは恋人同士とまでは発展していないが、ムナミが客に接する口調ではなく、友達として話しているようなので、以前と比べたらかなり仲良くなっている。

そして、揃《そろ》いも揃って何故、俺の前で雑談を始める。はぁ、最近気温が高くなってきて春の訪《おとず》れを感じるようになったかと思えば、春真っ盛《さか》りの人がたむろするという事態。

春だねぇ。と和《なご》んでいる場合でもないか。そろそろ、ハンターが活動する時期だ。そう、ラッミスが愚者《ぐしゃ》の奇行《きこう》団との遠征《えんせい》に参加する約束の――。

「ハッコン、調子はどう？」

「おっ、今日も売れ行きは順調みたいだな。今日はあったけえから、冷たいしゅわしゅわしているのいくか」

噂《うわさ》をすれば何とやら。ラッミスとヒュールミがやってきた。

カップルたちは、いつの間にか何処《どこ》かに行ったようだ。仲がいいのは結構なんだが、ほんと、他所《よそ》でやって欲しい。こっちは生身が無いので恋愛《れんあい》なんて無縁《むえん》なのだから。

別にう、羨《うらや》ましい訳じゃない。今度彼らの仲を祝福して温かい炭酸飲料をプレゼントしてあげよう。

「ハッコン、明日出発になっているけど、大丈夫かな？」

「いらっしゃいませ」

前々からわかっていた事なので、今更《いまさら》断る理由もない。

心配は尽《つ》きないが、彼女は強くなることを望んでいる。俺と彼女は一心同体のような関係だ。足りないところは互《たが》いに補っていくしかない。

って、まあ偉《えら》そうに語ってみたが、俺の方が圧倒《あっとう》的に足りないけどね。足も手もないからなぁ。いつもお世話になっております。

「そうか、明日からだったか。愚者の奇行団の仕事に同行するって話だったよな」

「そうだよ、ヒュールミ。ええと、確か、鰐人魔《がくじんま》の様子を探《さぐ》ってくるって話だよ」

「鰐人魔《がくじんま》。清流の湖階層に生息している三大勢力の一端《いったん》か」

ヒュールミの言う通り、この階層に生息する魔物《まもの》は大きく三種類に分かれている。カエル人間こと蛙人魔《かわずじんま》。集落を襲《おそ》った蛇双魔《じゃそうま》。そして、二足歩行するリザードマンではなくワニ人間、鰐人魔《がくじんま》。

どうやら、蛙と蛇と鰐が住む階層らしい。蛙と蛇が出てきたところで、もう一種類いると知った時は三すくみを思い出し、ナメクジだと想像していたらワニだった。

よく考えたら湿地帯《しっち》なので、ナメクジがいる方が変なのだが。

「蛙人魔《かわずじんま》と蛇双魔《じゃそうま》を倒《たお》しちゃったから、鰐人魔《がくじんま》が増えすぎてないか、その調査みたいだよ。討伐《とうばつ》は二の次で、どれくらい脅威《きょうい》になりうるか調べて来るって言ってた」

三大脅威の内の二つが甚大《じんだい》な被害《ひがい》を受けたので、ここでワニの生息地を調べて増えすぎているようなら、討伐《とうばつ》隊を組む予定らしい。

階層には生態系があり、それを無闇に崩《くず》すと何かしらの異変が起こるのが定番で、三年前の大惨事《だいさんじ》も魔物たちの勢力の均衡《きんこう》が崩れた結果だそうだ。

「今の内に調べておかないと厄介なのは確かだな。王蛙人魔《おうかわずじんま》が現れ、巨大《きょだい》な蛇双魔《じゃそうま》まで現れたって話だ。この階層に何かしらの異変が起こっているのかもしれないぜ……ラッミス、ヤバそうなら撤退《てったい》しろよ」

「うん。危なくなったらハッコンと一緒《いっしょ》に逃《に》げるよ。ねえ」

「いらっしゃいませ」

結界をいつでも張れるように、遠征中は常に警戒《けいかい》を忘れないでおこう。

普通《ふつう》なら色々と準備が必要なのかもしれないが、俺は特にすることがない。新商品を調べて、その場の状況《じょうきょう》に合わせて商品を出せるようにするぐらいか。あっ、商店に食材を卸《おろ》しておくか。

あと、ムナミの仮店舗《てんぽ》に飲料を安めに売り捌《さば》いておかないと。暫《しばら》く集落から離れることになるので、常連客が補充《ほじゅう》できるように対策をしておけば完璧《かんぺき》だ。

集落中に愚者の奇行団と俺たちが遠征に出ることは知れ渡《わた》っていたようで、今日は深夜まで客が現れ、買い溜《だ》めしていく者が多かった。

次の日の朝、俺の隣《となり》でラッミスとヒュールミが朝食を取っている。

ラッミスは遠征に備えて革鎧《かわよろい》と頑丈《がんじょう》そうなブーツを履《は》いているが、他《ほか》には腰《こし》に小さな袋《ふくろ》をぶら下げているぐらいだ。あと、俺を運ぶ為《ため》の背負子《しょいこ》ぐらいか。

食料は俺がいるので問題は無いし、灯《あか》りも俺が照らしたら大丈夫。寝《ね》る時も俺の近くにいれば保温機能が働くようで、寒さ暑さも緩和《かんわ》できるので適温が保たれる。何ならバスタオルを出してもいい。

となると道具は殆《ほとん》ど必要ないのか。それに俺を背負っているから、どっちにしろ大きな荷物は持てない。必要最低限の道具は愚者の奇行団が用意しているそうなので、そんなに心配はいらないか。

「おーっす。ラッミス、ハッコン。準備は万端《ばんたん》か」

声と共に現れたのはトレードマークのテンガロンハットを斜《なな》めに被《かぶ》り、無精《ぶしょう》ひげを蓄《たくわ》えた気障《きざ》っぽい男、ケリオイル団長だ。隣には青髪《かみ》の副団長フィルミナさんもいる。

「皆《みな》さん、おはようございます。問題がなければ、門に荷猪車《にちょしゃ》を待たせていますので」

「はーい。大丈夫です。ハッコン行こうか。よいしょっと」

いつものように軽々と背負われて、団長と副団長の後ろをついていく。冬はずっと集落内だったから、久しぶりの外だな。最近は異世界と言うよりはファンタジー映画の撮影所《さつえいじょ》にいる気分だった。

冬場は武装している人も少なく、素朴《そぼく》な格好をしている人が多かったので、たまに異世界であることを忘れそうになる。まあ、熊《くま》会長や他にも動物の顔をした人が稀《まれ》にいるので、現実に引き戻《もど》される訳だが。

この世界の獣人《じゅうじん》は猫《ねこ》耳や尻尾《しっぽ》だけといったファンシーな存在ではなく、そのまんま動物の顔をしている。カエル人間もそうだが、動物の骨格だけを何とか人間っぽくした存在が一般《いっぱん》的らしい。

「壁《かべ》の中で暮らすってのは窮屈《きゅうくつ》だよな。たまには外に出て息抜《いきぬ》きしねえと、腐《くさ》っちまうぜ」

「いらっしゃいませ」

と返事をしておいてなんだが、ヒュールミが隣に並んで歩いているのに今気づいた。見送りでもしてくれるのか。

「あれが、奇行団で所有している荷猪車です」

フィルミナが指差す方向には、巨大な一匹のウナススが引く荷猪車がある。門から少し先に停《と》めているので、近くにはカリオスとゴルスがいて、団員らしきハンターと雑談をしていた。

「おっ、ラッミス、ハッコン。気を付けて行って来いよ。あ、ちょっと待て。幾《いく》つか補充しておくぞ」

「俺も買っておくか」

暫《しばら》く会えないだろうからな、買い溜めを推奨《すいしょう》するよ。

大量に購入してくれたので、ちょっと確率を弄《いじ》ると当たり付きのスロットにゴルスだけ当たっていた。最近リア充アピールがうざいからって、贔屓《ひいき》したわけじゃない。

「あっ、団長連れてきたんですね。ラッミスさん、ハッコンさん、よろしくー」

「おう、二人……一人と一台？　歓迎《かんげい》するぜ、よろしくなっ」

「よろよろー」

この団はアットホームな関係らしく、一応上下関係はあるようだが基本的に馴《な》れ馴れしい人が多い。愚者の奇行団の同行する面々は団長、副団長、蛙人魔討伐《かわずじんまとうばつ》の時にいた狩人《かりゅうど》っぽい女性。あと双子《ふたご》らしきノリのいい二人の青年だ。

「よーし、出発すんぞ。さっさと、準備しろ」

幌《ほろ》付きの荷台で寛《くつろ》いでいた双子を急《せ》かすように、ケリオイル団長が車輪に蹴《け》りを入れる。

双子が御者席《ぎょしゃ》に回り、団長と副団長が荷台に乗り込む。

「ラッミスとハッコンも乗っていいぞ」

「ううん。うちはこのまま走るよ！　その方が鍛錬《たんれん》にもなるし。それにハッコン置いたらウナススが辛いと思うし」

まあ、大人数人分の重量だからな。全員乗りこむよりも負担が大きいかもしれない。

「んじゃ、オレが代わりに乗るか」

そう言って見送りに着た筈《はず》のヒューールミが荷台に飛び乗った。って、ええぇっ。

「え、ヒューールミも来るの？」

「おうさ。化け物の生態調査となるなら、知識豊富な者がいた方がいいだろ。ちゃんと熊会長から依頼《いらい》を受けているぜ」

俺たちを驚《おどろ》かす為だけに黙《だま》っていたのか。そういや、俺たちを心配する素振《そぶ》りをあまり見せてなかったたな。

名前はあれだが腕《うで》は確かな愚者の奇行団が護衛代わりになってくれるので、戦闘《せんとう》力が無いヒューールミでも大丈夫だとは思うが、魔物がいる異世界は何があるかわからない。

傍《そば》にいる時は守ってあげられるが、ラッミスと移動することがメインだから、基本は荷台で隠《かく》れていてもらうことになるだろう。

冒険《ぼうけん》か……自動販売機《じどうはんばいき》として異世界に転生して、普通なら物を売るだけの鉄の箱として一生を終えるだけだった俺が、こうやって迷宮《めいきゅう》内を探索《たんさく》できるようになるとは。

人生――自動販売機生、わからないものだな。

荷猪車と変わらぬ速度で走るラッミスの背に揺《ゆ》られながら、遠ざかっていく集落を感慨《かんがい》深く眺《なが》めていた。

旅のお供に

Reborn as a Vending Machine, I Now Wander the Dungeon.

草原とぽつぽつと雲が浮《う》かぶ空を眺めながら、俺は少女に運ばれている……深く考えたら負けだ。

朝早く出発してから三時間が過ぎたぐらいで一度、小休憩《きゅうけい》を取ることになった。

巨大なウナススはまだまだ余裕《よゆう》があるようだし、並走していたラッミスも疲《つか》れた素振りを見せていない。改めて思うのだが、とんでもない身体能力を有しているよな。

それなら休憩は必要なさそうなものだが、どうやらトイレ休憩のようだ。この面子《メンツ》は女性の割合が多いので、用を足す場所やタイミングが問題なのか。男みたいに小ならそこら辺で適当に済ますという訳にはいかない。

ゲームとかではわからなかった女性ならではのリアルな問題か。あれっ、確かこんな状況に適したあれがあったな。

機能の欄《らん》の下の方にあったソレを選び出すと、ポイントを消費して手に入れる。そして、すぐさまその仕様に変更《へんこう》する。

既《すで》に荷台の隣に置かれていたのだが、フォルムが変化する俺の姿を見て双子と狩人っぽい女性が、あんぐりと大口を開けている。この人たちは見たことが無かったのか。

「あれ、ハッコンまた何か新機能を見せてくれるのか。ん？　何だ、横になんか追加されてるぞ」

ヒュールミの言う通り、今回は本体が変わるのではなく、俺の隣に新たな物体が出現したのだ。それは細長いロッカーのような物で、高さは俺と全く同じ。

下半分はゴミ箱になっている。上半分ははめ込み式の蓋《ふた》があり、それを外すと中に折《お》り畳《たた》みの椅子《いす》、ダンボール、長くて細いダンボールが収納されている。

「何だこれ。ハッコンがこのタイミングで出したって事は、何か意味があるんだよな」

「いらっしゃいませ」

「取《と》り敢《あ》えず、開けて中身出していいか？」

「いらっしゃいませ」

ヒュールミが物怖《ものお》じせずに中身を取り出していくと、ラッミスと愚者《ぐしゃ》の奇行《きこう》団が興味《きょうみ》津々《しんしん》といった感じで覗《のぞ》き込んでいる。

「これは、畳める椅子か。でも、何で座るところに穴が空いていやがんだ？　この不思議な手触《てざわ》りの箱の中には妙《みょう》な手触りの紙？　開けていいんだな」

「いらっしゃいませ」

「好き勝手にやるから、ダメなら止めてくれよ。でだ、この頑丈《がんじょう》な紙は袋状になっている」

「ねえ、ヒュールミ。その袋ってその穴のあいた椅子にぴったり納まらない？」

「んー、おっ。丁度だな。でかしたラッミス。で、他にはこのデカくて細い箱か。これも開けるぞ……中に透明《とうめい》の袋があって、その中に……うおおおっ」

ヒュールミが取り出したそれは、ぼんっと音と共に三倍の長さに伸《の》びる。それは折り畳み式のテントなのだが、広げるだけでいいという便利仕様の品だ。

「び、びびったぜ。これは予《あらかじ》め形が定まっていて、少し触《さわ》るだけで元の形に復元されるのか？　魔《ま》道具の一種かもしんねえな」

驚きながらも好奇心《こうきしん》が勝ったようで、腰が引けていたが何とかその小さなテントを広げられた。

「独りがすっぽり入れる大きさのテントらしき物体。穴の開いた椅子と袋……おいおい、まさかこれ、簡易トイレか⁉」

ヒュールミが叫《さけ》ぶと、女性陣《じん》の目の色が変わった。

そう、これは災害対策サービスとして自動販売機の隣に設置されている、災害用簡易トイレなのだ。近年大災害が多発し、トイレが深刻な問題になっていた。そこで、自動販売機メーカーがサービスとして、簡易トイレが入った箱を設置することにしたという訳だ。

まだまだ数は少ないが、俺はこういった心がけをしているメーカーは純粋《じゅんすい》に応援《おうえん》している。見つけたら商品を何か買うようにしていた。

「この小さなテントは蓋が出来るから、人に見られることもねえ。それにこの袋は使用後に閉じれば臭《にお》いも漏《も》れない」

「そ、それは本当ですかっ！」

副団長のフィルミナさんが珍《めずら》しく大声を上げ、説明をしたヒュールミに迫《せま》っている。

「お、おう。たぶん間違《まちが》いねえんじゃないか。袋の底に敷《し》いてある物から香《かお》りがするのは、消臭《しょうしゅう》効果を狙《ねら》っていそうだな。なあ、ハッコン」

「いらっしゃいませ」

「だ、そうだぜ」

目の色を変えた女性陣が我先にと簡易トイレに殺到《さっとう》する。まずは、ちゃんと使えるか試《ため》す為《ため》にヒュールミが入り満足げな顔で出てくると、女性陣が一列に並んだ。

「ハッコン。これマジでいいぞ。これなら金貨出してでも欲しがるハンターいるんじゃやねえか」

女性のトイレ事情は俺が思っていたよりも切羽詰《せっぱつま》っていたようだ。これって災害用のサービスだから、料金は取れないんだよな。

まあ、その後、トイレを利用したハンターたちが、お礼を口にして飲料を買ってくれたので、それでいいか。

「どうよ。俺がハッコンを勧誘《かんゆう》したから、こんな便利なトイレ使えたんだぜ。さあ、もっと団長である俺を褒《ほ》め称《たた》えるがいい」

「これはハッコンさんが凄《すご》いのであって、団長の手柄《てがら》ではありません」

フィルミナさんにぴしゃりと言い捨てられ、立ち去る団長の背中が少し寂《さび》しそうだ。

簡易トイレは大盛況《せいきよう》で使用後の袋は地面を掘《ほ》った穴に埋《う》められた。商品で出した物は任意で消すことも可能なので、土壌《どじよう》汚染《おせん》を考えて袋は消滅《しようめつ》させておいたから汚物はいずれ土に還《かえ》るだろう。

簡易トイレセットは再び折りたたまれて荷台に載《の》せられている。災害セットもポイントを消費するので、これは消さずに彼らに所持しておいてもらおう。遠征《えんせい》が終わったら回収させてもらうけど。

「ついでに早めの昼食取っておけよ」

さあ、ここからが本来の出番だ。ずらっと並べた商品は集落で売っている値段の半額以下で提供している。

普通《ふつう》はこういった状況なら値段を高めに設定しても売れそうなのだが、事前に愚者の奇行団から報酬《ほうしゆう》を約束されているので、こういったサービスをしておけば、ラッミスが今後ハンター活動をする時の良い宣伝になる筈だ。

「穀物を固めて焼いたのうめぇぇ」

「お、マジか。この濃《こ》い味付けのパスタもいけてるぜ」

双子青年ハンターが仲良く分け合って食べている。片方の髪《かみ》色が赤で、もう一人が白色だ。心の中で紅白双子とコンビ名をつけておこう。ちなみに彼らはそのまま「赤」「白」と呼ばれている。

「はぁぁ、こんなに美味《おい》しい物を遠征中も食べられるなんて、参加して良かったっす」

射手の女性は襟首《えりくび》が見えるぐらいのショートカットで一見男性のように見えるが、声が甲高《かんだか》くアニメの萌《も》えキャラのような声をしている。

彼女の前にはたこ焼き、焼きそば、カップ麺《めん》、から揚《あ》げ、二リットルコーラが置かれている――いや、置かれていた。それはもう空で中身は全《すべ》て消えている。小柄な女性だというのに、それを一人で平らげたのだ。大食いチャンピオンもびっくりの食べっぷりだったな。

「シュイは相変わらず大食いね。ハッコンさんのおかげで、今回は食料の残りを心配しないで済むわ」

青く波打つような髪を指で弄《いじ》りながら、フィルミナ副団長がため息を吐《つ》いている。

これだけ大食いだと長期にわたる遠征ともなれば、すぐさま食料不足に陥《おちい》りそうだ。

「今回は魔物《まもの》を捕《つか》まえて丸焼きにしないでいいのかっ！」

「ああ、良かった……本当に良かった」

紅白双子《ふたご》が抱《だ》き合って喜んでいる。毎回、魔物を捕まえて食っていたのか。蛇《へび》は美味しそうだったけど、カエル人間はどうなんだろうか。そういや、ラッミスと初めて会った時も、カエル人間を捕まえて食べようとしていたな。

異世界の住民は魔物を食べることに殆《ほとん》ど抵抗《ていこう》が無いのか。基本的にはハンターが屋外で食べる物は、乾物《かんぶつ》か塩味に香草《こうそう》を入れる程度の料理らしいから、自動販売機《じどうはんばいき》の料理に感動するのも理解できる。

簡易トイレといい、ハンターのチームに臨時で同行して商売をしたら、かなり利益を得ることができそうだな。自動販売機の俺を運ぶ人手がいるので、ラッミスが危害を加えられる可能性も減りそうだし。

でも、安全性を考えるなら、この愚者の奇行団のような有力なハンターの一団に所属するのが一番なのだが……うーん。俺が頭を悩《なや》ませたところで、判断をするのはラッミスか。助言の一つもできないが、今回の遠征でこの一団を見極《みきわ》めさせてもらおう。

なんて決意を胸に秘《ひ》めたのはいいのだが、今のところ特に何もない。休憩後に再び行進を開始したのだが、時折姿を現すカエル人間や小さめ、といっても大人ぐらいの大きさの双首の蛇は、遠距離《えんきょり》から矢と水の魔法で射貫《いぬ》かれている。

それ以外にも、たまに幌《ほろ》の上で寝転《ねころ》んでいる団長から投げナイフが投擲《とうてき》され、魔物が頭からナイフの柄《え》を生やし仰向《あおむ》けに倒《たお》れていく。

格が違うな。若手のハンターたちが憧《あこが》れるのも納得《なっとく》だ。彼らの戦いぶりは王蛙人魔《おうかわずじんま》の時も目撃《もくげき》したのだが、余裕《よゆう》のある状態で観察していると思わず感嘆《かんたん》の息を吐きそうになる。

敵が接近することがないので、今のところ双子とラッミスに戦闘《せんとう》面で出番はない。

「ハッコン。うちも何かしなくていいのかな。石でも投げた方が良くない？」

投擲《とうてき》か。基本的に不器用だけど、あの有り余っている怪力《かいりき》を生かすのはありだよな。何か投げるのに適した商品あったかな。

俺に鎖《くさり》でも巻き付けて振《ふ》り回してもらえば、かなりの攻撃《こうげき》力が期待できるが、ラッミスは絶対にやらないよな。

うーん、投擲《とうてき》武器か。昔懐《なつ》かし瓶《びん》ジュースはどうだろう。あれなら適度な重さと硬《かた》さがあるので、威力《いりょく》も期待できそうだ。大きさも手ごろだから、投げやすい筈《はず》だ。

物は試しだと瓶ジュースを仕入れて、一本落としてみた。

今は前向きに背負われているので、無理な体勢だが手を伸ばすと取り出し口に手が届くので、ラッミスは歩きながら何とか抜き出した。

「ん？　これってしゅわしゅわするジュースだよね。あれ、入れ物がいつもと違って固いよ」

「それを投げて使えってことじゃねえか」

荷台から顔を出したヒュールミが助言してくれた。

合点がいったようで、ラッミスがポンと手を叩《たた》き大きく頷《うなず》いている。丁度いいタイミングで、前方に一匹《いっぴき》のカエル人間が現れたので、手にした瓶ジュースを振りかぶって投げる。

あらぬ方向に飛んでいった瓶ジュースは雑草の中に消え、カエル人間が呆《あき》れた顔で肩《かた》を竦《すく》めていた。

「うぬぬぬ、悔《くや》しぃぃぃぃ」

やっぱり怪力を持て余しているな。投擲《とうてき》は可能だけど精度はお察しくださいということか。もういっそのこと俺を投げてもらった方が命中しそうな気がする。

まあ、カエル人間はその後、あっさりと矢に脳天を射貫かれて倒されたわけだが。ラッミスの出番は当分なさそうだ。

ワニと対処

Reborn as a Vending Machine, I Now Wander the Dungeon.

荷猪車《にちょしゃ》を岩山の窪《くぼ》みに停《と》めると、幌の上で寝転びながら全身を伸《の》ばす男がいた。

「ふああああぁぁ。奴《やつ》らの生息域に入ったから、お前ら警戒《けいかい》しておけよー」

「じゃあ、団長も幌の上から降りてきてくださいよ」

「下から槍《やり》で突《つ》くか」

いいと思います。ナイスな提案だ、紅白双子。

集落を出てから二日が過ぎ、三日目を迎《むか》えた。太陽だと思わしき星が真上に達しようとした時刻に、鰐人魔《がくじんま》のテリトリーに入り込んだようだ。

「団長、いい加減に降りてください。我々の目的は偵察《ていさつ》と調査なのですよ」

「へーい。ったく、怒《おこ》りっぽいな副団長は」

帽子《ぼうし》が飛ばないように右手で押さえ、ケリオイル団長が飛び降りてくる。悔しいことに、その動作がさまになっていて少しカッコいいと思ってしまった。

「んじゃま、赤と白。偵察頼《たの》んだぞ」

「わっかりましたー」

「あいあいさー」

この二人は偵察担当なのか？　見た感じはリア充《じゆう》グループに一人は居そうな盛り上げ担当のキャラなのだが。うぇーいうぇーい、言っているのが似合うタイプだ。

顔は悪くないのに軽薄《けいはく》な口調とノリの軽すぎる性格なので、間違《まちが》ってもラッミスとヒュールミが惚《ほ》れるということは無さそうだ。

得物は赤が短めの槍。白が小剣《けん》か。防具は分厚い素材のワイシャツのような感じで、茶色が抜《ぬ》けかけた色合いだ。かなり使い込まれているのか。

おっ、表情がすっと消えた。目つきが鋭《するど》くなり、纏《まと》う雰囲気《ふんいき》が一瞬《いっしゅん》で変わる。常にこんな感じならモテるだろうに。

姿勢を低くして二人が丈《たけ》の長い雑草の中に消えていく。湿地《しっち》帯なので歩くだけで足を取られかねないというのに、音も立てずに走っていったな。見た目に反してかなり優秀《ゆうしゅう》な人材なのか。

「んじゃ、暫《しばら》くのんびり待つとするか。ハッコン旨《うま》そうな菓子《かし》はねえか」

「私は甘いお茶を」

「いらっしゃいませ」

団長も副団長も寛《くつろ》ぎタイムだな。心配なんて微塵《みじん》もしていない。もう一人の団員であるショートカットの女性も弓の調整をしているだけで、消えて行った二人を全く気にしていない。信頼《しんらい》されているのか。

ラッミスは俺の裏側にもたれかかって気持ち良さそうに昼寝をしている。ヒュールミは缶《かん》の仕組みが気になるようで、一口も飲まずに弄り回してはメモ帳に書き込んでいるな。

鰐人魔《がくじんま》がうろつく地帯で無防備すぎるが彼らの腕《うで》は一流だ。俺が警戒する必要性はないのかもしれない。だけど、前回のミスを二度と繰《く》り返さないように油断だけはしないぞ。

太陽が半分以上沈《しず》み、愚者《ぐしゃ》の奇行《きこう》団の面々が野営の準備を始めている。ラッミスも手伝おうとしていたのだが、やんわりと断られていた。彼女は怪力過ぎて備品や道具を壊《こわ》すことがあるので、それを警戒してのことだろう。

少し寂《さび》しそうに俺の隣《となり》に座り込んだので、温かいミルクティーをプレゼントしておく。

そんなに気にしないで、ドンと構えていればいいんだよ。ヒュールミを見てごらん、腹を丸出しでぼりぼりと豪快《ごうかい》に掻《か》きながら爆睡《ばくすい》しているぞ……あれは見習わなくていいか。

「戻《もど》ったよー」

「たっだいまー」

うおっ、びっくりした。紅白双子がいつの間にか俺の隣に並んで立っている。自動販売機に気配が読めるのかは不明だが、全くこれっぽっちも気づかなかった。

「団長。調べてきたよ」

「ご苦労さん。もう少しで飯だから、その前によろしく」

「あいあいさー。ええと、ここから北東に二時間ぐらいだったかな赤」

「そうだな、白。そこは小さい沼《ぬま》があって、三十匹ぐらいバチャバチャしてたよ」

お互《たが》いに赤と白と呼び合っているとは。いい加減な説明だけど、こんなので大丈夫《だいじょうぶ》なのだろうか、少し心配になる。

「三十匹の集まりってえと、群れとしてはどうなんだ？」

団長が視線を向けたのは、目が覚めて直《す》ぐに今度はペットボトルの材質を調べていたヒユールミだった。

「んー、群れは十から多くて五十未満だと言われているぜ。三十ってことは中規模《きぼ》の群れだ。一匹のでかさはどんな感じだった」

「んーと、立った状態で僕たちと同じぐらいかな白」

「だな、赤。殆ど同じだと思うよ」

彼らは俺より少し低いぐらいか、結構大きな個体なんだな。カエル人間から連想するとワニが背筋を伸ばして二足歩行で、手足がそのままの長さだと足が遅《おそ》そうだな。

「通常より個体がちっけえな。生体は二メートルぐらいが普通《ふつう》なんだが。カエルが増えて群れをなしていたから、襲《おそ》えずに食料が不足していたのか……いや三十もいれば百近くの群れならいけるよな」

ってことは、ワニ人間って単純計算で、カエル人間の三倍の力を保有しているということか。ワニって皮膚《ひふ》も鎧《よろい》の様に硬いし、尻尾《しっぽ》も巨大《きょだい》な口も立派な武器だよな。それぐらい実力差があっても不思議ではないか。

「俺たちはこの階層専門じゃねえから、良く知らないんだけどよ。鰐人魔《がくじんま》ってこの階層じゃ、三大勢力の中で最も凶悪《きょうあく》な存在なんだろ。蛙人魔《かわずじんま》が増えたら食料増えて万々歳《ばんばんざい》ってならないのかい」

「普通はそう考えるよな。だが今回は王蛙人魔《おうかわずじんま》がいやがった。王ってのはどういう仕組みで現れるのか不明なんだが、あれは馬鹿《ばか》げた戦闘力もさることながら、群れが統率《とうそつ》されるってのが問題でな。小さな群れやはぐれも集まってきちまうんだよ」

「それで、鰐人魔《がくじんま》は迂闊《うかつ》に手が出せなかったってことか。集落を襲った巨大な蛇双魔《じゃそうま》はあれも、規格外だよな」

あー、それは知りたかった。蛇双魔《じゃそうま》って基本単独行動で二メートル前後が一般《いっぱん》的な大きさだって聞いたことはあるけど。

「蛇双魔《じゃそうま》は喰《く》えば喰う程《ほど》、脱皮《だっぴ》を繰り返して倍々にデカくなっていく魔物《まもの》だぜ。ただ、肉が上質で素材が高値で取引されるから、ハンターたちが狙《ねら》うことが多い。単体でうろついているので絶好の獲物《えもの》だからな」

蛙人魔《かわずじんま》は鰐人魔《がくじんま》と蛇双魔《じゃそうま》から狙われる。

蛇双魔《じゃそうま》はハンターから狙われる。

鰐人魔《がくじんま》は……放置プレイか。

「まあ、あれだ。食料の蛙人魔《かわずじんま》は王の許《もと》に集まり、蛇双魔《じゃそうま》がただでさえ少ない蛙人魔《かわずじんま》の残りを食い尽《つ》くし、巨大化したから手も出しにくい。で、食料不足で弱体化した状態ってのが現状じゃねえか」

「なるほどねー。なら、別にちょっかいかけないで放置でいいんじゃね？」

「団長。鰐人魔《がくじんま》は肉食ですよ。食料が無くなった現状で、飢《う》えを満たす為《ため》に何を襲うと思っているのですか」

「まあ、俺たち人間か。んじゃ、全滅《ぜんめつ》させた方がいいか」

この階層の生態系はどうなっているのか。魔物を全滅させたら、階層から魔物が消え去るのだろうか。それとも、何かダンジョンの不思議パワーで湧《わ》いてくるのだろうか。

ヒュールミに訊《たず》ねたら嬉《き》々として教えてくれそうだが、質問する方法が無い。

「そうですね。集落から近い群れは全滅させて問題ないかと」

副団長のフィルミナが珍《めずら》しく同意しているな。

そういや清流の湖階層って端《はし》から端まで三週間以上歩かないと辿《たど》り着かないのだったか。
二、三日の距離《きょり》にある群れなら全滅させても、問題ないのも頷ける。

「で、マジでどうするよ。群れの情報収集が依頼《いらい》内容だからな。別に倒《たお》さなくても収入は保証されているぜ」

「でも、素材は高く売れますよ。弱体化しているなら何体か我々で減らしておくのも手かと。素材は高いですよ」

あれ、フィルミナ副団長が珍しく好戦的だ。え、愚者の奇行団って経営難なのか？

「副団長ってお金が絡《から》むと人変わるよな」

「いつもは冷静沈着《れいせいちんちゃく》なのにな」

「前も食べ過ぎではないですかって、怒られたっす」

団員たちが集まると、小声で言葉を交《か》わしている。

ただの守銭奴《しゅせんど》の可能性が……でも、いい加減そうな団長の許だと自然に金管理に厳しくもなるか。見るからに苦労してそうだもんな。

「退治するにしても、どうすっかな。やっぱ夜に襲うってのが定番か」

「それはやめておいた方がいいぜ。鰐人魔《がくじんま》は夜行性だ。夜の方が凶暴になる」

「へー、そうなんだ」

へー、そうなのか。あっ、ラッミスと被《かぶ》った。ほんとヒュールミは物知りだ。

ワニの生態か。以前、動物園の餌《えさ》の自動販売機《じどうはんばいき》を見に行ったついでに、ワニのコーナーを覗《のぞ》いたとき何か書いていていなかったたか。

確かワニの餌って……魚や鶏肉《とりにく》を与《あた》えていたのを見た記憶《きおく》がある。自動販売機で生ものは取り扱《あつか》ってない。魚……練り物……ちくわでどうにか、ならないよな。

他に特徴《とくちょう》としては、あっ、カエル人間も冬は苦手って話をしていたから、ワニ人間も寒さに弱いのか。ワニは変温動物だから可能性はあるよな。

そもそも、ワニ人間の活動期に入る前に偵察してこいって話らしいし。今は春先で気温も上がってきている。寒さか……あれ、いけるんじゃないか。

「それじゃあ、今晩はゆっくり体を休めて明日の朝に動くとすっか。群れから離《はな》れた奴を各個撃破《げきは》と洒落《しゃれ》込むぞー」

「そうですね。では、行動は明日ということで夕ご飯を作りましょう。赤と白は見張りお願いします」

「ええええ――。今、偵察から帰ってきたばかりなのに」

「横暴だー。断固、業務改善を求めるぞー」

「はいはい、私も手伝ってあげますから、行くっすよ」

不平不満を口にする双子《ふたご》の間に入り込み腕を絡めると、射手の女性が引っ張っていった。

俺が提供した食材で作られた食事を終えると、見張りをラッミスとヒュールミが申し出たので、俺も付き合うことにする。自動販売機の灯《あか》りは一応消しておく。

「戦いは明日か。そうなるとオレは用無しだぜ。ラッミスもハッコンも無茶しすぎるなよ。

相手は食料不足で凶暴になっている可能性がたけえ。ヤバそうになったら、ハッコンが結界で守ってやってくれ」

「いらっしゃいませ」

「頼《たよ》りにしているよ、ハッコン」

おうさ。守りに関してはお手のものだ。ポイントもかなり余裕《よゆう》があるから、いざという時は守りに徹《てっ》するよ。

「オレも何か手伝えたらいいんだがな」

あ、それだ。さっき思いついた方法をヒュールミなら察してくれないだろうか。取り敢《あ》えず試《ため》してみよう。

「鰐人魔《がくじんま》の弱点となると……おっ、どうしたハッコン。また妙《みょう》な形になって」

いつもよりスリムな形となり、ボディーの大半が白となり上の方には『ＩＣＥ』という文字が浮《う》かび上がる。取り出し口にはかなり大きく、小さなバケツなら楽々おけるスペースがある。

「これって何を売るものなんだろう。ハッコンが意味もなく変身するわけがないよね」

わかっているね、ラッミス。何の販売機なのかは現物を見ればすぐにわかるよ。

俺は自動販売機を稼働《かどう》させ、取り出し口に角氷を落とした。これは、スーパーや魚市場に置いてある氷の自動販売機だ。

「おっ、これは氷か。これは夏場大儲《おおもう》けできそうな予感が」

「ふわ、冷たいっ。でも、氷なんて出してどうしたいのかな」

「さっきまでの流れだと、この氷を鰐人魔《がくじんま》退治にいかせって事か」

「投げつけるのかなっ！」

ラッミスらしい発想だけど、それは「ざんねん」だ。

「氷、鰐人魔《がくじんま》、生態ってなると、答えは一つか。ハッコン、この氷って馬鹿みてえに出せたりするのか？」

「いらっしゃいませ」

「そういうことか。面白《おもしろ》いことになりそうじゃねえか」

「ねえねえ、うちにもわかるように教えてよっ」

あ、話についていけないラッミスが頬《ほお》を膨《ふく》らませて拗《す》ねている。

詳《くわ》しい説明はヒュールミに任せよう。一度へそを曲げたら話聞いてくれないからな……

後は頼《たの》んだ。その代わり見張り頑張《がんば》るから。

なだめすかす姿を見守りながら、視界が全方位あることを最大限に利用して機嫌《きげん》が直るまで、一人で見張りをしていた。

翌日、ヒュールミが作戦を話すと愚者の奇行団は乗り気のようで、協力してくれることとなった。紅白双子の道案内により、池に流れ込んでいる小川に辿り着くと川岸に設置され、俺は氷を流し込んでいく。

小川は幅《はば》三十センチにも満たないものなので水量は大したことはないが、氷は上手《うま》い具合に水面に浮かび池へと流れ込んでいる。

さあ、じゃんじゃんいこうか。まあ、この氷で何処《どこ》まで水温が下がるのか甚《はなは》だ疑問だけど、沼の規模《きぼ》は大したことなかった。初春なのでまだまだ水も冷たく氷も溶《と》けにくいはずだ。鰐人魔《がくじんま》の住む沼は浅いらしいので、それなりに水温が下がってくれる……といいな。

鰐人魔《がくじんま》は水の中にいる時が一番厄介《やっかい》らしいので、水温が下がった沼を嫌《きら》い離れてくれるだけでも大助かりらしい。ということで、氷の大盤《おおばん》振る舞《ま》いだ。

ジャラジャラと氷を大量に排出《はいしゅつ》していく。氷はポイント変換《へんかん》もかなり安めなので、一時間ぐらい放出し続けても、それほど痛手にはならない。

これで、体温が少しでも下がって動きが鈍《にぶ》れば儲けものだしな。ラッミスの戦いが楽になるなら、この程度の出費安いもんだ。

ワニ退治

「団長。鰐人魔《がくじんま》が岸辺に上がっていました。寒そうに震《ふる》えていましたよー。だるそうに寝《ね》転《ころ》んでいたし」

沼の様子を偵察《ていさつ》に行っていた赤が戻《もど》ってくると、状況《じょうきょう》を報告している。

ケリオイル団長が大岩の上で寝そべりながら「ご苦労さん」と片手を上げた。

「いい感じみたいだが、動かないとはいえ襲《おそ》ったら他《ほか》の奴《やつ》らも反応するな。副団長、霧《きり》の魔法《まほう》で奴らの視界を妨《さまた》げることは可能か？」

「不可能ではありませんが、沼全域を霧で覆《おお》うのは無理があります」

おお、霧の魔法か。沼の上に漂《ただよ》う霧って風情《ふぜい》があるな。

是非《ぜひ》、拝見させてほしいけど範囲《はんい》が広すぎるのか。沼に霧を発生させるとなると、今度はあれ使ったら手伝えるか。

「んじゃ、どうすっかな。あいつらを分断させ……何やってんだ、ハッコン」

フォルムチェンジをした俺を見て、ケリオイル団長の帽子《ぼうし》がずれた。今回の変形は銀の円柱ボディーの真ん中あたりに透明《とうめい》の扉《とびら》が付いたタイプだ。

扉を開けて、内部にある銀の筒《つつ》から白い塊《かたまり》を落とした。それは白い湯気を立ち昇《のぼ》らせ、そこに鎮座《ちんざ》している。

「ん、なんだこれ。氷にしては濁《にご》り過ぎだな。雪を固めたような感じか？」

団長が興味をもったようで大岩から飛び降りると、白い塊に顔を近づけ覗き込んでいる。指で突《つつ》こうとしたので、更《さら》にソレを落とし「ざんねん」と発する。

「団長さん。たぶん、それに触《さわ》らないでっ、てハッコン言っているんじゃないかな」

「素手で触《ふ》れるのは危険なのかもしんねえぞ」

「いらっしゃいませ」

二人とも正解だ。論より証拠《しょうこ》とばかりに更にソレを落としていき、取り出し口に溢《あふ》れた白い塊は川へと落ちていった。水に触れた途端《とたん》、白い塊は大量の蒸気を噴出《ふんしゅつ》する。

「うおっ、なんだ⁉　霧を噴《ふ》き出しやがったぞ！」

俺の前から飛びのき、白い煙《けむり》を噴き出しながら流れて行く白い塊――ドライアイスを眺《なが》めている。いいリアクションだ団長。

ドライアイスを水に入れると白い煙が出る遊びを誰《だれ》しもが一度はしたことがあると思う。

これって霧の代用品になるかと考えたのだが、どうだろうか。

「ハッコンさん。凄《すご》いですよ！　これなら私の霧の魔法と混ぜ合わせれば沼一帯を霧で包むことが可能かもしれません」

「やるじゃねえか、ハッコン。さすが、俺の見込んだ魔道具だ」

「団長よりも役に立っていますよね」

「ぐはっ！」

副団長であるフィルミナの冷たく言い放たれた言葉に、団長が胸を押さえて後退《あとずさ》っている。

「もう、いっそのことハッコンを団長にしようよ」

「それ、いいな白。愚者《ぐしゃ》の奇行《きこう》団って名前もダサいから、ハッコン団って可愛《かわい》い感じに変《へん》更《こう》な」

「お、お前ら、俺が頭を捻《ひね》って考え出した、このセンス溢れる名前をそんな風に思っていたのかっ」

赤と白の追撃に団長が抵抗《ていこう》している。

「だって、愚者に奇行っすよ。ハッコン団って可愛くて女の子に人気でそう。ハッコンさんが団長になったら、ご飯食べ放題っすよね！　大賛成！」

「うおおおおぉぉぉ」

女性団員が止《とど》めを刺《さ》した。団長が蹲《うずくま》り、地面を叩《たた》いている。哀《あわ》れな。

「はいはい。お遊びはこれぐらいにしますよ。団長いじけてないで指示を出してください」

「けっ、お前ら適当に各個撃破しとけ。役立たずの団長は甘いお茶飲みながら見学させてもらうからよっ」

ああ、河原《かわら》の石を蹴《け》ってわかり易《やす》くいじけている。子供かっ。

そんな団長の言い分が通る訳もなく、団員たちに引きずられていった。

「ええと、うちも行ってくるけど。ハッコンはそれを落とし続けないといけないんだよね。じゃあ、ここでヒュールミとお留守番でいい？」

「いらっしゃいませ」

「おう、気を付けて行ってこいよ。危なくなったら即行で戻ってこい」

「うん、行ってくるねー」

ドライアイスを落とす作業があるので動けないのだが、一緒《いっしょ》にいけないのは不安になる。弱体化した敵を集団で狩《か》っていくだけだから、滅多《めった》なことではやられないと思うが、背中に彼女がいないと心配になるな。

「まあ、安心しな。愚者の奇行団は凄腕《すごうで》のハンター集団だ。引き際《ぎわ》もわきまえているさ。危なくなったら帰ってくるって」

バンバンと俺の体を叩きながら気遣《きづか》ってくれているようだ。

大丈夫《だいじょうぶ》だと信じよう。俺は自分の仕事に集中しないと。ドライアイスを小川に落としながら、溢れ出る霧の中に消えて行った方向を黙《だま》って見つめるしかできないでいた。

「暇《ひま》だなハッコン」

「いらっしゃいませ」

非戦闘《せんとう》員の一人と一台はこうなるとすることがない。ドライアイスを流し続けてはいるけど、異世界に転生しておいて戦う術《すべ》がないというのは、申し訳ない気持ちになる。

「暇つぶしに雑談にでも付き合ってくれ」

「いらっしゃいませ」

「今回の偵察任務なんだが、オレは会長から直接依頼《いらい》を受けたって話はしたよな。その内容が、清流の湖階層の様子が最近おかしいから調べて欲しい、って事だったんだぜ。今回の鰐人魔《がくじんま》でも異変が見られる様なら要注意だってな」

王様蛙《がえる》に巨大《きょだい》すぎる蛇《へび》。異世界の住民じゃない俺だって異様な事態だってことは理解できる。更に鰐人魔《がくじんま》にも何かあれば何かあると考えたくもなるよな。

「ハッコンは知らないと思うが、各階層には主と呼ばれる存在がいる。そいつを倒《たお》すことにより次の階層が開放される。でだ、階層の主は一度倒されると滅多なことでは復活しない。だが、稀《まれ》に復活することがあってな。未《いま》だに条件は不明なんだが、数年の場合や数十年かかるときもある」

主か。ダンジョン物で良くある階層ごとのボスキャラか。普通《ふつう》は下の階に繋《つな》がる階段の前や、扉の前で待ち構えている存在だよな。

「んでもって、会長は今回の騒動《そうどう》を主の復活ではないかと考えているみてえだ。愚者の奇行団の団長にもその事は伝えている。だから、ヤバそうな気配があれば迷わず撤退《てったい》する筈《はず》だぜ。ああ、そういや主を倒したら、凄いお宝が手に入るって噂《うわさ》があったな眉唾《まゆつば》だが」

今回の偵察は結構重要な任務なのか。しかし、この階層の主ってどんな魔物なのだろう。蛙と鰐《わに》と蛇が混ざりあったキメラのような存在だろうか。

やっぱ巨大な姿ってのが定番だよな。全長五メートルぐらいはあるのかもしれない。安全地帯から見学できるなら見てみたい気もする。

本当に主が復活となったら別の階層か地上に移動することも考慮《こうりょ》しておいた方がいいかもしれない。まあ、それも二人に任すしかないけど。

主の存在も気になるが、今はラッミスが無事……というか何かしでかしていないか不安になる。

「あれだ、幾《いく》ら何でも初《しょ》っ端《ぱな》から主を引くような事はなんねえさ」

ヒュールミそれってフラグって言うんだぞ。そういう不吉《ふきつ》なことは口に出さずに秘《ひ》めておかないと、現実になりかねないから注意だ。

話せるならツッコミの一つも入れたかったが、そんな考えもすぐさま消え去った。

「何だ、この振動《しんどう》……」

地面に接している部分から振動が小刻みに伝わってくる。嫌《いや》な予感しかしないが、音の源に視線を向けると――こちらに向かって爆走《ばくそう》してくる荷猪車《にちょしゃ》が見えた。荷台の幌《ほろ》は消滅《しょうめつ》していて、乗っている人が丸見えになっている。

御者席《ぎょしゃ》には赤と白髪《はくはつ》の双子《ふたご》。後ろには焦《あせ》った表情の団長。そして、後ろに振《ふ》り向いている射手のシュイと副団長のフィルミナが矢と魔法を撃《う》ち込んでいた。

ラッミスは、ラッミスは何処《どこ》だ⁉　今、見える範囲にはラッミスの姿が……いたっ！

荷台の縁《へり》に背を預け、目を閉じたまま身動きをしていない。だ、大丈夫なのか⁉

「おいおいおい、冗談《じょうだん》だろ！　くそっ、ドンピシャかよ。主が出やがったのかっ！」

主⁉　声が出せるなら大声で問い返していた。

ヒュールミが唖然《あぜん》と見つめる先にいるのは、荷猪車の後を追う小山だった。

俺がおかしくなったわけじゃない。小山としか思えない物体が背後から彼らを追っているのだ。荷猪車がフィギュアにしか見えない、遠近感がおかしくなったのかと思う程《ほど》の巨体がそこにある。全体のフォルムは巨大なワニ。ただ、足が八本あって目が四つあるのを除けば。あの足の裏だけで荷猪車をすっぽり覆うぐらいのデカさがある。巨大だとは予想していたが、これは規格外すぎる。こんなの人が倒せるのか⁉

八本も足があるので振動がおさまることなく、自動販売機《じどうはんばいき》の体が浮《う》きそうになる。

「ああ、くそっ。階層割れまで起きているじゃねえかっ！」

ヒュールミが忌々《いまいま》しげに吐《は》き捨てている。その視線の先を追うと地面に亀裂《きれつ》が走っていて、そこから光が溢れ出ているのが目視できた。あれが階層割れってやつなのか。

よくわからないが、碌《ろく》でもない事が起きていることだけは理解できる。

ど、どうすればいいんだ。荷猪車はこっちに向かって激走している。ヒュールミは回収できるかもしれないが、俺を乗せる余裕《よゆう》は……ない。

だったら、やるべきことは決まっているよなっ！

「ラッミスは気を失っているだけだ！　ヒュールミ手を伸《の》ばせ！　俺の手を摑《つか》めっ！」

「ハッコンはどうすんだ！　残していけって言うのかっ！」

「いらっしゃいませ」

団長への問いかけに俺が答える。

ヒュールミが呆《ほう》けた顔で俺を見返しているな。〈結界〉を発動させて傍《そば》からヒュールミを引き離《はな》した。

「ハッコン、何のつもりだっ！」

「すまん、ハッコン。後で必ず拾いにくる！」

俺の真横を走り抜《ぬ》ける際に、荷台から上半身を限界まで伸ばしてヒュールミを抱《だ》きかかえると、ケリオイル団長が――頭を下げて詫《わ》びた。

「くそっ、離しやがれ！　ハッコン、ハッコオオオン！」

「またのごりようをおまちしています」

遠ざかる彼らの背に向けて、別れの言葉を口にすると俺は正面を見据《みす》えた。

ラッミスが気を失っていたのは不幸中の幸いかもしれないな。彼女なら荷台から飛び降りて俺と一緒に残ろうとするだろう。

ここでやることは決まっている。戦うこともできない自動販売機だが囮《おとり》ぐらいはやれるはずだ！　フォルムチェンジするぞ！

俺の体は真っ直《す》ぐに伸びていき全長三メートルに到達《とうたつ》した。ボディーは派手で目立つ色に変化し、商品はコーラだけが並んでいる。この自動販売機はとあるテーマパークに置かれている巨大な自動販売機で、二人がかりでどちらかが踏《ふ》み台《だい》にならなければ購入《こうにゅう》できない代物《しろもの》だ。

迫《せま》りくる巨大な八本足鰐《わに》は荷猪車を狙《ねら》っていたようだが、突如《とつじょ》これ程目立つ巨大な物が現れたことにより、興味を奪《うば》われたようだ。

四つの目が全《すべ》て俺を捉《とら》えている。ここで更《さら》に注目する様に音量を最大に調整する。

「いらっしゃいませ　いらっしゃいませ　いらっしゃいませ　いらっしゃいませ」

大音量で響《ひび》き渡《わた》る声に八本足鰐《わに》が反応した。殺気を孕《はら》んだ視線が鉄の体に突き刺さる。

おお、こええ。商品が凍《こお》ったらどうしてくれる。

近づくにつれて視界が八本足鰐《わに》の皮膚《ひふ》の色に染まっていく。黒に薄汚《うすよご》れた緑をぶちまけたような色で視界が埋《う》め尽《つ》くされた。湿地《しっち》帯特有の泥《どろ》が噴き上げられ、後数十秒で俺に到達することだろう。

崩落《ほうらく》した瓦礫《がれき》にも耐《た》えた〈結界〉で防げることに賭《か》けたが、結界を貫《つらぬ》かれたら一巻の終わりだ。更に、耐久《たいきゅう》力を１００上げて２００に、頑丈《がんじょう》さを30上げて50にしておく。

１００００と９０００ポイントを消耗《しょうもう》したが、焼け石に水かもしれないな。

目前に迫った巨大過ぎる足を見つめ、諦《あきら》めに近い感想を抱《いだ》いた俺は――重力を無視して、後方へと吹《ふ》き飛んだ。

《ポイントが１０００減少》

うおおおっ、後方に体が引っ張られるような感覚は、アイツに蹴り飛ばされたからか。

自動販売機って空飛べるんだ……って言っている場合じゃねえ！

数十メートル吹き飛ばされた俺は大岩に激突して動きが止まった。結界のおかげでダメージは無いが、ポイント１０００消費って何だ。結界は毎秒１ポイント消費じゃないのか。

瓦礫《がれき》を受け止めた時もこんな表示はなかった。

〈結界〉の強度を超《こ》える馬鹿《ばか》げた攻撃《こうげき》を受けると、ポイントの大量消費により結界を何とか維持《いじ》できるということか。

岩が結界の形に凹《へこ》んでいる。あんなの生身で受けたら跡形《あとかた》もなく消し飛ぶぞ。ますます、ラッミスたちを追わせる訳にはいかなくなった。

時間稼《かせ》ぎをするにはこうやって相手に弾《はじ》かれ〈結界〉で耐えるだけで何とかなるかもしれないが、あのままあれが集落に向かったら、ハンター協会の強固な砦《とりで》でも耐えられるかどうか。

少なくとも、前回の様に集落の人々が全員助かるということはないだろう。

何かとお世話になっている宿屋の女将《おかみ》さんとムナミ。一番のお得意さんである門番のカリオスとゴルス。朝の常連三人組、いや最近は孫が増えて四人組になったのか。避妊《ひにん》具をまとめ買いするシャーリィ。金髪《きんぱつ》お嬢《じょう》様と黒服、両替《りょうがえ》商の二人、他《ほか》にもお客は何人も集落にいる。

自動販売機があるということは平和であり治安が良いことの証《あかし》のようなものだ。

なら、自動販売機である俺が集落の人々を守っても何の問題もないよな！

何度吹き飛ばしても、壊《こわ》れずにいる俺に苛立《いらだ》ちを覚えているのか、八本足鰐《わに》が今までにない速度で突っ込んでくる。

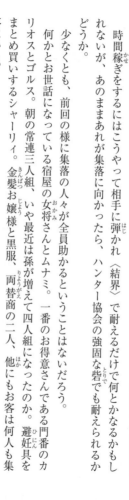

これを防いだとしても、とんでもない距離《きょり》を吹き飛ばされ見失ってしまい、相手が興味を失う可能性もある。そんなことになったら、逃《に》げているラッミスたちが危険に晒《さら》されてしまう。だったら、これでどうだ！

俺は地方で見つけた、お手製お弁当販売機に変化した。そして、から揚《あ》げ弁当を大量に取り出し口に落とす。乱暴に扱《あつか》ったので商品が弁当箱から零《こぼ》れ落ち、保温状態で温められていた、から揚げの匂《にお》いが辺りに漂《ただよ》う。

ワニは嗅覚《きゅうかく》が鋭《するど》いかどうかは知らないが、あの巨体なら常に飢《う》えているだろう。おまけに何度攻撃しても壊れない俺に苛立《いらだ》たしさを覚えている筈。

そんな状況《じょうきょう》で目の前で旨《うま》そうな匂いを発する物があったら、どうするか。

その答えは鋭い歯がずらりと並んだ、ワニの口内が物語っていた。

何度か体が左右にぶれたかと思うと、今度は真っ逆さまに落ちて行く。周囲は赤黒く長い管を通っているようだ。ここって食道なのか。

こんな状況でも〈結界〉は俺を守ってくれている。そのまま、転がり続け何か液体の中に落ちた音がした。粘着質《ねんちゃくしつ》な液体の中にぷかぷかと浮かび辺りを見回すと、岩や枝葉が溶《と》けた木が幾つも沈《しず》んでいる。

ああ、ここは胃の中だな。

《ポイントが10減少　ポイントが10減少》

胃液でポイントが凄《すさ》まじい勢いで減っていく。あんまり、余裕を見せていられる状況でもないようだ。ここが相手の胃袋《いぶくろ》なら――嫌《いや》がらせを開始させてもらおう！

俺は箱型商品対応機能を生かし、商品を入れ替《か》える。コインランドリーに置いている洗《せん》濯《たく》用洗剤《せんざい》に変更《へんこう》して、取り出し口に次々と落とし〈結界〉の能力を利用して洗剤が結界内に入ることを拒否《きょひ》する。

取り出し口にあった洗剤が結界の外に飛び出し、胃液の中にどぼどぼと沈んでいく。

さあ、激痛でのたうち回りやがれ。俺のおごりだ幾らでも胃洗浄《いせんじょう》してやるぞ！

次々と洗剤を胃の中に落としていくと、胃液が波打ち出した。八本足鰐《わに》がもがき苦しんでいるのが手に取るようにわかる。結構効いているようだ。

だけど、これだけで相手を殺すことは不可能だろう。どう考えても下痢《げり》や腹痛が限界だ。ならば、今度は新たに得た、古びた身体《からだ》に変形する。

見るからにレトロな銀色の四角い箱には、レバーが取りつけられていてそれは手動で回すことが可能になっている。下部からはオレンジ色の管が伸び旧型のコンロに繋《つな》がっている。

これは古い旅館や病院や寮《りょう》などで稀《まれ》に見かけることがある、ガスの自動販売機。百円を入れたら数分間使用できる。屋外で料理をする時に便利な能力だとは思ったが、自動販売機の商品が売れなくなりそうなので自重した機能の一つだ。

ガスの自動販売機に変形した目的は一つ。ガスを結界外へ放出する。胃の中をガスでぱんぱんにしてやる。

食べ過ぎで胃にガスが溜《た》まるとよく言うが、こっちは本物のガスが溜まっていく。ガスを放出し続けていると、胃液が渦《うず》を巻き始めた。俺の体が流れに乗り、渦の中心へと徐々《じょじょ》に吸い込まれていく。

これは体外に俺を排出《はいしゅつ》するつもりなのか。このまま腸に運ばれる前に決行するしかない。このガスで充分《じゅうぶん》なのか〈結界〉が耐えきれるのか、やってみなければわからないが、やるだけの価値はあると信じている。

……問題は火か。コンロを点火すればいいと考えていたのだが、コックを捻《ひね》る方法が無い。自動販売機の体ならある程度は操作できるのだが、コンロは外部オプションのような扱いなので、どれだけ力を入れても操《あやつ》れない。

予定と違《ちが》うぞ。やばい、もう少しで吸い込まれそうだ。火、火花でもなんでもいい！　って、あれは可能か？

冷凍《れいとう》食品を温める自動販売機モードに変更して、体内の電子レンジ機能の中に缶《かん》の商品を補充してみる。いつものように補充する時のイメージで、一個だけそこに任意に出現させられないか。

自動販売機は俺の体だ。もう何ヶ月も付き合ってきたんだ。これぐらいは、頼《たの》むできてくれ！

体内に響くカコンという音と共に、体の中に一つ小さな缶が現れた感覚があった。

よーし、同じ要領でタオルと新聞をそこに落とす。

ここで禁断の秘儀《ひぎ》——電子レンジで缶を温める！　良い子は真似《まね》したら駄目《だめ》だぞ！

体内から聞こえてくる異音に怯《おび》えながら、俺は火花を飛ばしている缶の存在を感じている。感覚は無い筈《はず》なのに体内で何が起こっているのか理解できるようだ。

あ、火が点《つ》いたか。

《10のダメージ、耐久力が10減りました》

体内での損害なのでダメージがきついな。だけど、これで準備は整った。

取り出し口に缶飲料と燃え始めているタオル、新聞紙を落とす。そして、〈結界〉内部にこの三つが入ることを許可しない！

取り出し口からはじき出されたのは、火のついたタオルと新聞紙に包まれた缶飲料。それはまるで火の玉を射出したかのような光景だった。

〈結界〉からはじき出された火の玉は、外に出た途端《とたん》胃内部に充満していたガスに触《ふ》れ——

——大爆発《だいばくはつ》を引き起こした。

「またのごりようをおまちしています」

《ポイントが1000減少》

目の前には赤黒い何かが飛び散っているのはわかるが、視界がぐるぐると回転し続けているので、何が起こっているのかさっぱりわからない。

おおおっ、酔《よ》いそうだっ！　胃が爆発したのであれば、その痛みは想像を絶するだろう。

階層の主である八本足鰐《わに》でも、いずれは息絶える……よな⁉

周囲は肉の壁《かべ》なのか、赤黒いヌメヌメ光る肉質感ばっちりの肉壁《にくへき》に取り囲まれている。相変わらず暴れているようで、身体が激しく揺《ゆ》さぶられ、生身の体なら吐《は》いているかもしれない。

どれぐらい時が流れたのかはわからないが、ようやく体の揺れが治まった。八本足鰐《わに》が息絶えたのか？　だとしたら、問題は俺どうやって体内から出たらいいの？

《ポイントが1減少》《ポイントが1減少》

あ、はいはい、わかっています。〈結界〉を維持《いじ》しているのでポイントが減り続けている。頑丈《がんじょう》さを上げているので、肉の圧力に耐《た》えられそうな気もするが試《ため》すのには勇気がいるな。ポイントが残り僅《わず》かになったら解除するしか手は無いけど。

これで倒《たお》せたのなら御《おん》の字《じ》だ。貯《た》め込んでいたポイントを結構消費したけど、生きていればこそだ。いや、自動販売機《じどうはんばいき》だから稼働《かどう》していればこそか。

今回は我ながら頑張《がんば》ったと思う。自画自賛《じがじさん》をしても許される活躍《かつやく》だったよな。自動販売機でもやれるじゃないか。少しだけ自信がもてそうだ。

後は逃げ切ったラッミスたちが戻《もど》ってきてくれるか、一度集落まで戻って討伐《とうばつ》隊が組まれるまでの辛抱《しんぼう》だな。あれだ、嗅覚なくてよかった。

早くても半日、長くて数週間は我慢《がまん》か。自動販売機だから同じ場所で待つのは仕事の一《いっ》環《かん》だしな。新商品を何にするかでも考えておこう――ふあっ？

あれ、視界を埋《う》め尽《つ》くしていた肉塊《にくかい》が消えて、空と地面が見える。え、外だよなここ。肉が綺麗《きれい》さっぱり消えているぞ。え、なんだ、何かよくわからないから〈結界〉は維持《いじ》しておこう。

ここってさっきまでいた沼《ぬま》の近くだよな。地面に亀裂《きれつ》があってそこから金色の光が溢《あふ》れ出しているのは、階層割れとかヒュールミが呼んでいた現象。

あれ、やっぱり外か。周辺を眺《なが》めると、白くて長い物が組み合わさり、俺に覆《おお》いかぶさるように配置されている。これは八本足鰐《わに》の骨……っぽいな。

肉が消えて骨だけ残ったのか。これが階層の主を倒した時の仕様なのだろうか。亀裂から溢れ出す光に照らされて、ワニの骨格標本だというのに少し神秘的に見える。

何と言うかほっとしたけど、誰《だれ》か俺を引き起こしてくれないかな。今、横向きで寝《ね》そべっている状態だから、ちょっと居心地《いごこち》が悪い。自力で元に戻れない、この体の不便さをこういう時に実感させられる。自動販売機は立ってこそだ。

ってあれ、亀裂の光が眩《まぶ》し過ぎて気づいてなかったんだが、目の前に金のコインが転がっている。これ普通《ふつう》の金貨じゃないよな。見える範囲《はんい》の装飾《そうしょく》が全然違う。表面に描《えが》かれている緻密《ちみつ》な彫《ほ》り物が八本足の鰐《わに》だ。

これはゲームで言うところのボスドロップなのかな。ボスしか落とさないアイテムってことなら価値がありそうだが、手も足もないので取れません！

結界内部にあるので、誰にも奪《うば》われないようにしないとな。ヒュールミなら詳《くわ》しいことを知っているだろう。それまでは誰にも渡《わた》さんぞ。

さて、体内から解放された事だし、このまま、だらだらと誰かがやってくるのを待つしかないか。

うーん、何か地面が未《いま》だに微振動《びしんどう》が続いていて、ミシミシって音が地中から響《ひび》いているのが少し気になるが、きっと気のせいだ。

う――――ん、地面のひび割れがそこら中に走って、まるで網目《あみめ》の様になっているのも、光量が増して視界が金色に染まっているのも、たぶん、目の錯覚《さっかく》だ。

う――――ん、横たわっている地面が徐々に沈んでいくような気がするのも――これ、陥没《かんぼつ》してるよな！

えっ、今回の騒動《そうどう》で地盤《じばん》が緩《ゆる》んだのか。それとも、階層割れの名の通り階層が割れるのか!?　ちょ、ちょっと待て。だとしたら、地面が割れたらその後どうなるんだ。えっ、落ちるのか。

これって結構じゃなくて冗談《じょうだん》抜《ぬ》きでやばいな。って前も同じ感想を抱《いだ》いた覚えがあるぞ。

ちょっと、誰か、誰か怪力《かいりき》の人はいませんかー！

自動販売機を楽々と背負える怪力のお客様はいませんかー！

「いらっしゃいませ　いらっしゃいませ　いらっしゃいませ」

連呼してみたが、誰もいない湿地《しっち》帯に虚《むな》しく響いただけだ。

こういう時にラッミスのありがたみがわかるな。強敵を倒して調子に乗っていたけど、やっぱり自動販売機は自動販売機だ。一人じゃ何にもできない。

あっ。

体を支えている地面が無くなり、自動販売機の体が真っ逆さまに落ちて行く。

切羽詰《せっぱつま》った状況《じょうきょう》の中、俺の脳裏《のうり》に浮《う》かんだのは泣き顔のラッミスだった。

急降下

Reborn as a Vending Machine, I Now Wander the Dungeon.

地が割れ崩壊《ほうかい》した。

土砂《どしゃ》と共に俺は急降下中だ。見上げると土の天井《てんじょう》が見え、そこにぽっかりと穴が開いている。その穴はそんなに大きなものじゃないので俺は落ちたが、八本足鰐《わに》の骨は穴の上に被《かぶ》さっているだけで、落下を免《まぬか》れたようだ。

で、下に目を向けると雲があった。結界を張っているので風圧は感じないが……凄《すさ》まじい速度で墜《お》ちているのは理解できる！

えええええっ、地面抜けたら空ってファンタジーだな！

うおおおおっ、地面が見えない程《ほど》の高さってええええっ、あああっ、お、お、落ち着け！

先《ま》ずは現状をどうにかしないと。自分の状況を把握《はあく》しなくては！

場所は、雲の中！

状況は、落下中！

結果は、激突粉砕《げきとつふんさい》！

これは終わった……と、あっさり諦《あきら》めてたまるかっ。地面に激突するまでにはまだ時間がある。頭を働かせろ。この絶体絶命の状況を切り抜ける方法を。

俺に出来ることは機能変化のみ。自動販売機の能力をフル活用すれば何とか、何とかなるのか？

落下しているということは落下速度を下げればいい。となると、ここで相応《ふさわ》しい自動販売機は。あれかっ！

俺は機能の中から〈風船自動販売機〉を選び出し、身体《からだ》を変化させた。

以前はよくスーパーの屋上や遊園地に置かれていたのだが、最近は稀《まれ》に古い感じのゲームセンター等に置かれているぐらいらしい。

黄色を基調とした体にはガラスの窓があり、その先に膨《ふく》らます前の風船がずらっとぶら下がっている。購入《こうにゅう》者はその中から好きな色を選び、硬貨《こうか》を投入すると自動で風船を膨《ふく》らませてくれる仕様になっている。

って、説明している場合じゃねえ！　色なんてどれでもいいから、風船を大量生産しなければ。

風船がセットされ中にガスが流れ込んでいく。徐々《じょじょ》に大きくなっていく赤い風船――ってこれじゃ時間が足りなすぎる。もっと早く作れないのか。スピードを上げる方法……ステータスの素早《すばや》さ上げたら、膨らませる速度アップとかしないか⁉︎

駄目《だめ》で元々、時間もない、やってみるか。

《1000ポイントを消費して素早さを10増やしますか》

おうさ、頼《たの》む！

何かが体に入り込むような感覚があった。風船の膨《ふく》らます速度は……おっ、目に見えて上がっている。さっきの倍以上は早くなっているぞ。なら更《さら》に上げれば。

《2000ポイントを消費して素早さを10増やしますか》

値上げ率酷《ひど》くありませんかね。くそっ、ポイントの野郎《やろう》、足下を見やがって。背に腹は代えられない、もう10アップだ。

まるで早送りを見ているかのように二秒に一個の速さで風船が出来上がっていく。完成した風船は結界内に留《とど》まり、結界の内側が風船で詰《つ》まってきている。

下の光景は雲を突《つ》き抜け地面が見えてきているが……何だあれ。入り組んだ巨大《きょだい》な迷《めい》路《ろ》？　そういや、ヒュールミが階層について何か話していたな。確か、清流の湖階層の下は巨大な迷路になっているとかどうとか。

って、今、過去を懐《なつ》かしんでいる場合じゃない。迷宮は徐々に大きくハッキリとその全《ぜん》貌《ぼう》を見せつけている。まあ、落下速度は殆《ほとん》ど変わっていないからな。

風船が数十個あったぐらいで数百キロある自動販売機を支えられるわけがない。昔バラエティー番組で大人一人浮かすのに、二千個以上の風船を使っていた記憶《きおく》がある。だから、風船でこの自動販売機をどうにかできるなんて初めから思ってもいない。

迷宮《めいきゅう》の壁が分厚く、その高さと規模《きぼ》が異様であることが理解できるぐらいに地面が迫《せま》ってきた。本格的に時間がないな。ならばっ！

ここで俺が選んだのは――ダンボール自動販売機へのチェンジだ！

説明しよう！　ダンボール自動販売機とは小学生の間で流行《はや》った、ダンボール製の手作り自動販売機の事である！　実際にコイン投入口と商品もセットしてあり、スイッチを押すと商品が落ちてくるこだわりようである！

ちなみに自動販売機マニアとして、おうちで作れるダンボール自動販売機セットを購入して制作済みだ！

そう、俺の体は今ダンボール製に変化している。つまり、一気に軽くなりこの数の風船で支えられるぐらいの重さへと変化したのだ。

はああぁぁ、間に合った。結界内部を埋め尽くす風船のおかげで落下速度が激減して、俺はゆっくりと下降している。

機能の欄《らん》にダンボール自動販売機を見つけた時は、一生取ることは無いだろうと思っていたのだが、まさか命を救ってくれるほどの活躍を見せてくれるとは。ほんと、わからないものだな。

ようやく心に余裕《よゆう》が持てたので、眼下の景色を楽しんでみるか。

巨大な円形の迷路は壁《かべ》が灰色でおそらく材質は石っぽい。直線と曲線で通路が描かれていて、かなり入り組んでいる。全体図が見えている今の内に防犯カメラで録画しておこう。高度からなので正確な大きさは不明だが、細めの通路でも俺を何台も横に並べて置くことが可能なぐらい道幅《みちはば》に余裕がありそうだ。

広場っぽいエリアや池のようなものもあるのか。こんなもの地球で作ったら幾《いく》ら費用がかかるのだろう。

さっきまでいたのが清流の湖階層で、確かその下の階層は迷路階層だったか。正式名《めい》称《しょう》があった気もするが、ヒュールミが迷路階層とばかり口にしていたので、そっちの名前でしか覚えていない。

この階層はかなり厄介《やっかい》で難易度も高く、ハンターたちに毛嫌《けぎら》いされているという話だった。自然発生する宝箱が存在していて、一攫千金《いっかくせんきん》が可能らしいが敵も強く罠《わな》も多い。おまけに道も迷路なので思った方向に進めず、餓死《がし》するハンターも少なくないそうだ。

上から見下ろしているので、入り組んだ迷路の性質の悪さが正確に伝わってくる。

っと、もう少しで地上に降りられそうだ。これって通路の壁の上に着地したら誰も、買いにこられないよな。って、おお、壁の上って鋭角《えいかく》になっているので、登ることが無理な仕様になっているのか。

このままだと、壁近くの大きめな通路に着地しそうだな。うーん、正直何が正解かわからないので、このまま自然な感じで任せよう。このままだと迷宮の中心近くに降りられそうだ。

通路の壁は思ったより高いぞ。地上から十メートル以上はありそうだ。厚さも相当なもので、五階建ての団地ぐらいある壁が迷宮を作り出しているのか。

壁際《かべぎわ》をゆらゆらと揺《ゆ》れながら降りていき、何とか綺麗《きれい》に着地できた。いつもの自動販売機《じどうはんばいき》に戻《もど》っておこう。

床《ゆか》も壁も石造りに見えるが継《つ》ぎ目《め》が一切《いっさい》ない。壁に灯《あか》りが存在しないので、日が暮れたら一気に暗くなりそうだ。

通路の幅が五十メートルはありそうで、左右に長く通路が延びている。上から見ていた感じだと、迷宮のど真ん中に走る大通りのような通路だったので、ここならハンターと出会う可能性が高いかもしれない。

ラッミスたちが迎《むか》えに来てくれた時にもわかり易《やす》い場所だ。暫《しばら》くはここで暮らすことになりそうだ。

普通《ふつう》は自動販売機を助け出そうなんて物好きは存在しないだろうが、ラッミスなら必ず来る。普通なら階層割れから落ちたのだから、人であろうが自動販売機であろうが絶望的なのは誰《だれ》だってわかるだろう。

それでも、ラッミスはやってくると確信めいたものを感じていた。

熊《くま》会長にも貸しがあり、愚者《ぐしゃ》の奇行《きこう》団も俺を狙《ねら》っているなら積極的に捜索《そうさく》に参加してくると思われる。何なら、団に入ることを条件にラッミスに協力を申し出ているかもしれないな。

彼女が無茶をしようとしたらヒュールミが止めてくれる筈《はず》だ。助けに来て欲しいと思う反面、無理をして欲しくないという思いもある。矛盾《むじゅん》した考えだとはわかっているのだが、これが本音だ。

まずは、ここで生き延びることを最優先に考えなければならない。他《ほか》のハンターが通りかかって、助けてくれる可能性もあるしな。

よっし、周囲の観察からだ。ざっと見た程度だから、じっくりと調べ情報を得ることは生き延びる為《ため》に必須《ひっす》。

今いる場所は大きな通りの壁際。左右に道が延びているが、遠すぎて先が見えない。真っ直《す》ぐ延びてはいるが、途中《とちゅう》で道沿いに脇道《わきみち》が幾つもあるようだ。

今のところ魔物《まもの》を見かけてはいない。上空から見ていた感じではかなり大型の魔物も存在していたが、この大通りには何もいなかったと思う。ここは迷路の安全地帯なのかもしれないな。

でだ、一番気になっているのは俺の前に落ちている、八本足鰐《わに》の絵が描《えが》かれているコインだ。結界内に入ったまま、ここまで落ちてきたので、コインも一緒《いっしょ》に連れてきてしまった。

目の前に価値がありそうなコインがあるというのに手が出せないジレンマ。これで、見知らぬ人に拾って持っていかれたら、怒《いか》りのあまり商品が全《すべ》て温かいを通り越《こ》して熱いになるぞ。

どうにかして手に入れたいが、自動販売機ではどうにもならない。はぁ、取りあえず、ここで生き延びる為に能力とポイントの再確認《かくにん》をしておこう。八本足鰐《わに》との戦闘《せんとう》で盗賊《とうぞく》から巻き上げた金を大量に消費したからな。

《自動販売機　ハッコン

耐久力《たいきゅう》　2000／2000

頑丈《がんじょう》　50

筋力　0

素早さ　20

器用さ　0

魔力　0

PT　1020698

《機能》保冷　保温　全方位視界確保　お湯出し（カップ麺《めん》対応モード）　二リットル対応　棒状キャンディー販売機《はんばいき》　塗装《とそう》変化　箱型商品対応　自動販売機用防犯カメラ　酸素自動販売機　雑誌販売機　ガス自動販売機　ダンボール自動販売機
《加護》結界》

耐久力と頑丈《がんじよう》がこれだけあれば、そう簡単に壊《こわ》されることは無いだろう。素早さは商品を出す時や温める速度が増すのだと思う。これは後で実験しておかないとな。

他に変わったところは……んー、何だバグか？　ポイントの表示がちょっとおかしいような。一、十、百、千、万、十万、百万……ひゃ、百万っ⁉

え、あ、う、えええええっ！　何でポイントが１００万もあるんだ。え、犯罪行為《こうい》に手を染めた覚えもないぞ。

どういうことだ。ポイントは硬貨と引き換《か》えに得られるものだよな。確か説明にもそうなっていた筈だし。あの時はお金でポイントを得られるって表示されていた。もう一度確認しておこうか。


《１００円と１ポイントを交換《こうかん》することも可能》

そうだよな。ポイントはお金と交換できるって書いてある。でも――他にポイントを得られる方法が無いとも記載《きさい》されていない。

もしかして、ポイントって本来は敵を倒《たお》して得るものなんじゃないのか。ゲームなら敵を倒して経験値やスキルポイントを得るのが基本。もしかして、お金とポイントを交換する方が異質で、元々は敵を倒して手に入れるものなのかポイントって。

だとしたら、この大量のポイントは階層主である八本足鰐《わに》を倒したことによるものだとしたら納得《なっとく》できる。

そうか、お金を消費しなくてもポイントを得る方法があるのか。勉強にはなったが、再び魔物を倒すチャンスは無いと思う。今回はたまたま上手《うま》くいったけど、あんな場面はもう二度とないだろう。

やっぱり、自動販売機としてお金を稼《かせ》ぐ方が現実的だ。

とまあ現状は把握《はあく》できたところで、お楽しみの加護タイムだ！

１００万ポイントを超えた今、新たな加護を手に入れることが可能となった。正直、そんな馬鹿《ばか》げたポイントを手に入れられるとは思ってもなかったが、まさかこんな抜《ぬ》け道《みち》があったとは。

さあて、加護をじっくりと厳選させてもらうとしよう。

新たな力

１００万ポイントで得られる加護から必要な能力と、そうでない能力をまず仕分けする。

剣技《けんぎ》や格闘技といった手足が無ければ使えない能力は論外。

火属性魔法、水属性魔法といった魔法関連は魔力が無いので除外。

残った物で自動販売機として便利そうな能力を吟味《ぎんみ》していこう。まずはこれだ。

《念動力》つまりテレキネシスとかいう、触《ふ》れずに物を動かすことができる超能力《ちょうのうりょく》の事だよな。説明を見ておくか。

《自分の周囲半径一メートル以内の物体を操《あやつ》ることが可能になる。ただし、重量に限度があり商品のみとなる》

半径一メートルはまあいいとしよう。それだけでも充分《じゅうぶん》ありがたいから。だが、何故《なぜ》に商品限定なんだ。でも、この能力があれば、商品の使い方を自らレクチャーすることも可能になる。候補の一つだな。じゃあ、次を見よう。

《念話》

《自分の周囲半径一メートル以内の相手に心の声を届けられる》

これが一番狙っていた加護だ。これさえあればラッミスと会話することが可能となる。効果範囲《はんい》が狭《せま》いが、それでも意思の疎通《そつう》が可能になるのは大きい。

《瞬間移動《しゅんかん》》

《自分の周囲半径一メートル以内に瞬間移動することが可能となる》

俗《ぞく》に言うテレポーテーションだ。しかし、何で効果範囲は一メートル縛《しば》りなのだろうか。一メートルしか移動できないとはいえ、自動販売機が移動する方法を手に入れられる。

この三つが有力候補となる。ただし、それが自分の思い描いた能力であるならばの話だ。結界と同じく、発動にはポイントを消費する可能性がある。

その場合、燃費も考慮《こうりょ》しなければならない。ここにラッミスがいるなら迷わず念話を選んでいた。だが、俺はこの迷宮《めいきゅう》に一人——一台ボッチだ。この現状で選ぶのは躊躇《ちゅうちょ》する。

瞬間移動もこの広大な迷宮で一メートル移動できたところで、焼け石に水のような気がしてならない。連続で発動可能なら、それこそ空中移動も可能になりそうだが裏があるのではないかと疑ってしまう。

念動力は自動販売機としての能力を一番いかせられる加護だよな。商品を操れるなら、できることが大幅に増える。これが妥当《だとう》っぽいが焦《あせ》る必要はない。１００万ポイントを無《む》駄《だ》にはできない。

そういや、ポイントがそれだけあるなら機能でも何か選べないか。10万ポイントを超《こ》える機能は取ることが暫《しばら》くないだろうと思って、殆《ほとん》ど見ていなかったからな。

まあ加護で決まりだとは思うけど、他にも目を引く機能が――え、こんなのあったか？

《自動販売機ランクアップ》

なんだこの、自動販売機マニアの魂《たましい》を揺さぶる文言は。いや、待て。そんなものより加護を選んだ方が効率的に決まっている。ま、まあ、一応、説明だけでも見ておくか。

《自動販売機とは硬貨《こうか》や紙幣《しへい》などの対価を支払《しはら》うことにより、店員を介《かい》さず自動的に商品やサービスを受けることをできるようにした機器。この定義に当てはまるものが追加で解放され、更《さら》に様々なオプションパーツが取りつけられるようになる》

なんだと……つまり、今までは選ぶことが出来なかった機能や自動販売機本体の種類が増えるということか。今までは自動販売機と呼ばれている物しか選ぶことが出来なかった。

自動販売機という呼称《こしょう》ではないが、その定義に当てはまりさえすれば、その類《たぐ》いの機能を選べるようになるということか。

そんなの選ぶしかな――待て待て。落ち着け俺。まずは深呼吸をして冷静に冷静に。

「いらっしゃいませ　いらっしゃいませ」

よっし、落ち着いた。まず、この異世界で、尚且《なおか》つ迷路の階層で生き残るには加護を選ぶのが、正しい回答だろう。そうだ、そんなことはわかりきっている。

だが、だがしかし、俺は自動販売機《じどうはんばいき》だ。好きが高じてこの体を得たような物だ。未《いま》だに転生した理由は不明だけど。自動販売機として生まれ変わった一人のマニアだということを忘れてはいけない。

俺は超能力を操れる自動販売機になりたいのか、それとも多機能な優《すぐ》れた自動販売機になりたいのか。

迷う必要なんて初めからなかったんだ。そう、俺が選ぶのは——自動販売機ランクアップだっ！

《自動販売機のランクが2に上がりました》

その言葉が脳裏《のうり》に浮《う》かんだ瞬間、全身に力が漲《みなぎ》る……わけでもなく、変化は全く感じられない。ランク２ということは更に上のランクがあるのだろうか。ちょっと楽しみになってきた。

体中から熱が抜けていき、冷静になって思ったことがある。もしかして、やっちまった？

い、いや、確かに強くなることも便利になることも大事だ。でも、俺は自動販売機。そこを忘れたら本末転倒《ほんまつてんとう》だろ。今までも不便ではあったが何とかやってこられたからな。

うんうん。どんな選択《せんたく》でも妥協して選んで失敗するよりも、自分で選択した未来なら失敗しても後悔《こうかい》は少ない。

反省終わり！　早速《さっそく》、ランク２になって使えるようになった機能の一つを手に入れることにした。

それは白くすらっと伸《の》びた身体《からだ》にコイン投入口があるのは当たり前だが、側面に蛇腹《じゃばら》のホースが取りつけられ先端《せんたん》部分はプラスチックの素材出てきている。

そして、そこには銃《じゅう》の引き金のようなものがあり、それを引くとギュウウウウと異音が鳴り空気が吸い込まれていく。更に引き金の近くにスイッチがあって、それを押すと強烈《きょうれつ》な風を噴出《ふんしゅつ》することもできる優れものだ。

ちゃんと起動するようだな――セルフ洗車場に置かれている〈コイン式掃除機《そうじき》〉は。

説明した通りなのだが、この〈コイン式掃除機〉の中でも俺の好きなこの機種は、吸うだけじゃなく風を噴《ふ》き出すことも可能で、車の椅子《いす》の下に潜《もぐ》り込んでいる砂を吹《ふ》き飛ばすことも可能となっている。

問題はここからだ。自在に吸引噴出を俺の意思で操作可能なのは確かめた。ならば、ここからすべきことは〈結界〉でホースの先端を外に弾《はじ》き出す。

結界の外に弾き出されたホースの先が地面を転がり停止した。この掃除機のホースは軽く二メートル以上あるので、弾き出すのは可能。

そしてここから、風を噴出、ストップ！　っともう少し、風を強くして……っと今度は強すぎたか。もう少し、短く風を出して、位置を微調整《びちょうせい》して。

と十分以上悪戦苦闘《あくせんくとう》した結果、何とかホースの先端を理想的な場所に運ぶことに成功した。そう、八本足鰐《わに》のコインの近くまで。

誰《だれ》かにとられる前に、自分で取り込んだ方がマシだ。という結論に達しミッションは決行された。

ホースの位置よし！　障害物もなし！　吸引開始！

吸引口から音が響《ひび》き地面の砂と共に空気をも一気に吸い込んでいく。本命であるコインも驚《おどろ》きの吸引力には逆らえないようで、にじり寄ってくると吸引口の中に消えた。

ミッションコンプリート。

ホースの中をコインが転がっているのがわかる。そういや、このあとコインってどうなるのだろうか。この掃除機は確か後ろの方に排出《はいしゅつ》口があって、そこにゴミ箱が設置されていて、その中にゴミが落ちる仕組みだった筈《はず》だが。

《八足鰐《やそくがく》のコインが所持品に追加されました》

はい？　え、所持品って何。そんな項目《こうもく》なかったよな。

疑問に思ったら即《そく》実行。能力を確かめてみるか。

《自動販売機　ハッコン　ランク2
耐久力《たいきゅう》　200／200
頑丈《がんじょう》　50
筋力　0
素早さ　20
器用さ　0
魔力《まりょく》　0
PT　18595
〈機能〉保冷　保温　全方位視界確保　お湯出し（カップ麺《めん》対応モード）　二リットル対応　棒状キャンディー販売機《はんばいき》　塗装《とそう》変化　箱型商品対応　自動販売機用防犯カメラ　酸素自動販売機　雑誌販売機　ガス自動販売機　ダンボール自動販売機　コイン式掃除機
〈加護〉結界
〈所持品〉八足鰐《やそくがく》のコイン》

お、所持品の項目が増えている。ポイントがごっそり減ったなとか、ランク２が表示されているとか気になることは他にもあるが、まずは所持品のチェックだよな。

《八足鰐《やそくがく》のコイン。階層主を倒《たお》した証《あかし》》

それだけかいっ！　え、他に説明は無いのか。これってコレクターアイテムなのか。それとも何か重要な意味のあるコインなのか。それはわからないが、持っていて損はないだろう。

……このコイン取り出せるのだろうか。出せたとしても、もう一度吸い込むのに時間がかかるので今はやらないが。あの階層主って八足鰐《やそくがく》って名前なのか。

ポイントが2万を切ったので、あまり無茶ができなくなってきた。コイン式掃除機って実は2000ポイントも消費するのか。ランク2になってから選べるようになった機能は割高なものが多い、気を付けないと。

やるべきことをやったので、かなり落ち着いてきた。まあ、そうなると現状がリアルに迫《せま》ってくるわけで。一応階層の一つでわかり易《やす》い場所だから、ここを攻略《こうりやく》に来ているハンターたちと遭遇《そうぐう》する可能性は高いと睨《にら》んでいる。

そこで問題になるのが、ラッミスや清流の湖階層の住民の様に良識がある人かどうかということだ。それこそ盗賊《とうぞく》団のような輩《やから》が来て、壊《こわ》すか持ち去ろうとしても不思議ではない。客になる保証は何処《どこ》にもないのだ。

最悪な展開も考慮しておかないと。まずは〈結界〉を維持《いじ》できるだけのポイントの確保。それに何かポイントを他にも得る方法があればいいんだけど。ポイントを維持《いじ》できれば機能が停止する心配もない。

となると魔物《まもの》の討伐《とうばつ》……は無理だな。八足鰐《やそくがく》を倒せたのはただの幸運だ。それにもう一度あれをやれと言われても、正直やりたくないです、はい。

何事も起こらず機能維持《いじ》だけでいいなら、一年は余裕《よゆう》で耐《た》えられるのだが、この異世界は何が起こるかわからない。というのに、１００万ポイントを何故《なぜ》ランクアップに注ぎ込んだとか、考えたら負けだ。

《自動販売機変形時間が限界の二時間を超えます。直ちに、元の自動販売機に戻《もど》ってください。繰《く》り返します。自動販売機変形時間が限界の二時間を超えます。直ちに――》

なんだ⁉　唐突《とうとつ》に頭に警報が鳴り響いて、こんな文字が表示されたぞ。変形時間の限界？　えっ、か、考えるのは後にして元のってことは、いつもの自動販売機に戻ればいいんだよな。

即行《そっこう》で、いつもの自動販売機に戻ると、警報も忠告の文字も消えた。これって初めての経験だが、元の自動販売機以外の形には一日最高でも二時間以上は無理って事なのか。

今まで何度もフォルムを変えてきたが、そういや、別の形だと妙《みょう》な違和《いわ》感があって、いつもの自動販売機に戻っていた。二時間以上、別の機種でいたことがなかったのか……気づかなかったな。

一日二時間が限界なのか。大した理由もなく機種を変更《へんこう》するのは止《や》めた方がいいなこれは。

こういうことも含《ふく》めて、最近はラッミスやヒュールミに頼《たよ》り切ってばかりだった。自動販売機は店員がいなくても何でも買える便利なところが売りだった筈だ。いい機会だ。一人で何処までやれるか試《ため》してみるか。

新たな出会い

Reborn as a Vending Machine, I Now Wander the Dungeon.

はぁぁ、いい天気だねえ。

中天から降り注ぐ日光を浴びながら、俺はまったりしている。

あれから三日が過ぎたが人っ子一人訪《おとず》れません。だが、俺は微塵《みじん》も焦《あせ》ってはいない。太陽の光を浴びているだけで幸せなのだから。

今までならじわじわとポイントが削《けず》られていくことに、軽い恐怖《きょうふ》を覚えていたかもしれない。だが、今の俺はポイントが増え続けている。

その理由は頭の上のこれだ。傾斜《けいしゃ》のある屋根のように設置されているソーラーパネルを新機能として追加したのだ。これで晴れの日は何もしないでポイントが貯まっていく。

ほら、ランクアップ選んで正解だった！　って誰もいないのに何で言い訳しているんだ。

このソーラーパネルは本来、節電と災害時用対策の一環《いっかん》らしい。俺のはかなり高性能らしく、天気が良ければ一時間で10ポイントは貯まっていく。日中にポイントを稼《かせ》いでおけば余裕で生きていける。

　この三日、自分の能力を再確認《かくにん》する為《ため》に、まずは機種変化の二時間縛《しば》りを調べることに費《つい》やした。わかったことは、生まれ変わった時の姿であれば何時間でも維持《いじ》できる。わかりきっていたことだが、それに加え外観は殆《ほとん》どそのままで、内部の機能を変化するだけなら時間制限はない。

　つまり、半分だけカップ麵《めん》の機能を入れても時間制限には引っかからないようだ。

　何事もなければ、このまま穏《おだ》やかに時が過ぎていくだけなのだが。う、うーん、心配事が一つ解決すると、今度は欲が出てくるよな。

　正直暇《ひま》だ。自動販売機《じどうはんばいき》の体に慣れすぎたせいなのかもしれないが、商品を誰かに売らないと落ち着かないのだ。

　迷路《めいろ》階層は本当に人気が無いようだ。もう少し詳《くわ》しくヒュールミから話を聞きたかったけど、今更《いまさら》だよな。俺から聞きだす方法もないし。

　ラッミスは気を失っていたけど大丈夫《だいじょうぶ》なのだろうか。常連のお婆《ばあ》さんがいるから傷は治してくれるだろうけど、後遺症《こういしょう》とか残ってないだろうな。

　はぁ、最近はずっと騒《さわ》がしい日々を過ごしてきたので、一日中誰とも会わない日々は少し寂《さび》しい。前後は巨大《きよだい》な壁《かべ》があり空は見えるが、それだけだ。

　することもないので、いつものように辺りを見回していると、通路の遥《はる》か向こうに微《かす》かに動く物体を捉《とら》えた。

空中から録画しておいた防犯カメラの映像からして、俺から向かって左側は確か迷路の入り口だったよな。ということは、期待できるかもしれない。上の階層から助けに来てくれるのがベストだけど、他《ほか》のハンターたちでも構わない。

素行の悪い連中でなければいいけど。

何かが徐々《じょじょ》に大きくなり、その姿が何とか見て取れるようになった。

あれって二足歩行の――小型の黒い熊《くま》か……いや、猫《ねこ》、たぬきか？　判別の難しい顔をしている。

数は四。お揃《そろ》いの緑が鮮《あざ》やかな革《かわ》のジャケットを着込んでいるな。ズボンは穿《は》いてないというのに靴《くつ》はあるのか。ジャケットの前を留めていないので胸元《むなもと》が丸見えなのだが、白い三日月模様がある。小型のツキノワグマか？

熊会長と同じ種族かもしれない。にしてはかなり小さいけど。

顔も体毛も真っ黒なのだが、鼻も黒くて大きく耳が立っていて内側がピンクだ。髭《ひげ》もあるのだが猫みたいだな。ということは熊じゃないのか。まあ、何にせよ結構愛らしい顔をしている。自動販売機の次に猫が好きな俺としては、うずうずしてしまう。

な、なんだ、あの可愛《かわい》い団体は。何か商品を売って購入《こうにゅう》している間に、もっとじっくり観察したいが、相手はそれどころじゃないようだ。背中にバックパックを背負った状態で懸命《けんめい》に駆《か》けてきている。

その背後からは弛《たる》んだ体の上に豚《ぶた》の顔が乗っかった魔物が三体、手にした棍棒《こんぼう》を振《ふ》り上げたまま追いかけてきている。前を走る熊猫……ってパンダのことだったような、まあいいか。

追っ手はそいつらの三倍以上はある体躯《たいく》で足は決して速くはないのだが、熊猫たちは一《いっ》匹《ぴき》が足を怪我《けが》していて、二匹が肩《かた》を貸しながら走っているせいで距離《きょり》が一向に広がらないでいる。

豚の顔が乗っかった魔物は確か、豊豚魔《ほうとんま》と呼ばれていた筈《はず》だ。清流の湖階層の人たちが太っている人を揶揄《やゆ》して口にしていたのを聞いたことがある。

まだ距離があるが、俺の前まで何とか逃《に》げ切ってくれ。そうしたら、俺が何とかしてみせるから。

「ヴアアアアアアッ！」

「あっち行ってよぉぉ」

「わたしを置いていって」

「置いていけるわけがないだろっ！」

見た目に反してしゃがれた鳴き声と大口を開いたときの顔が怖《こ》えっ！　口が大きく裂《さ》け鋭《するど》い牙《きば》が覗《のぞ》いている。

怪我をしているのが猫のスコティッシュフォールドみたいに耳が垂れている個体か。声からしてメスみたいだな。それを支えているのが、黒褐色《こつかっしょく》の他と比べて少し背が高い熊猫。

威嚇《いかく》しながら走っているのが細身で。最後尾《さいこうび》を走っているのはふっくらとしている。同じように見えて結構違《ちが》うもんだな。まあ、そこは置いておいて、あの調子だと何とか俺の前を通り抜《ぬ》けられそうだ。背後の豊豚魔《ほうとんま》との距離は十メートル程度か。

問題は俺がどうやって熊猫たちを助けるかだよな。暇に飽《あ》かして、自動販売機でもできる攻撃《こうげき》方法を考えていた成果を見せる時が来たか。

取り出し口に蓋《ふた》のないタイプの自動販売機に変化し、瓶《びん》ジュースを取り出し口に幾《いく》つか落とす。自動販売機の色を周りの壁と同色に変化させて、壁と同化しておく。

パッと見は壁の一部に見えるだろう。この状況《じょうきょう》でじっくりと見る余裕もないだろうからな。

熊猫たちが駆け抜け、少し遅《おく》れて豊豚魔《ほうとんま》が俺の前に差し掛《か》かったところで——瓶ジュースプラッシュ！

〈結界〉で瓶ジュースを結界の外に押し出す。それなりに速度が出た瓶ジュースが三本だけ豚人間の二体に命中した。ダメージは全く通っていないようだが、外れた瓶ジュースも辺りに散らばったことで、相手が足を止め俺に注目している。

じゃあ、擬態《ぎたい》を解いて「あたりがでたらもういっぽん」を連呼する。

「なんだぶひぃ」

「迷宮のわなぶふぅ」

　こいつらは語尾にぶひとかついちゃうんだ、わかり易《やす》いな。この魔物は会話をする程度の知能はあるって事か。熊会長や熊猫たちもそうだし、哺乳類《ほにゅうるい》系の二足歩行をする生物は知能が高いのかもしれない。

「こんなところに罠《わな》があったぶひぃか？」

　豊豚魔《ほうとんま》たちが俺に注目している間に熊猫たちは、かなり距離を稼いでいる。更《さら》にここで罠を発動だ。豚って確か雑食だったよな。何でも食べると聞いたことがある。

　最近、活躍《かつやく》したばかりの野菜自動販売機に変わって、野菜を展示しているガラスの蓋を解放して、野菜を全《すべ》て〈結界〉で弾《はじ》き出す。

「ぶひぃ、飯がでてきたぶふ！」

「飯だ飯だぶひぃぃ」

　疑いもなく拾って、生のままバリバリと食っているな。かなり飢《う》えていたようだ。

　俺に背を向けて呑気《のんき》に貪《むさぼ》り食っている。熊猫たちに興味を失ったようで、無我夢中で散らばった野菜を拾っては口に放り込んでいく。

　その間に子供用のテーマパークに置いてある背の低い小型の自動販売機に変化をしておき、配色も壁と同じに戻しておいた。

暫《しばら》く観察していると、全てを食べ尽《つ》くして満足したらしく、腹を叩《たた》きながらのっそりと豊豚魔《ほうとんま》たちが立ち上がる。

「満腹だぶひぃ」

「おい、野菜を出した箱がないぶひよ」

辺りをキョロキョロと見回しているが、目の前の壁と同じ色になった俺を見ても、気にも留めていない。

首を傾《かし》げていたが、腹が膨《ふく》れて注意力も散漫《さんまん》になっているようで、そのまま道を戻《もど》っていった。

何とか熊猫たちを逃がしてやれたが、彼らも離《はな》れて行ってしまった。くそっ、もっと愛《め》でたかった。救えたことには満足しているから、まあ良しとしよう。

しかし、あの熊猫たち可愛かったな。子供ぐらいの大きさだったのも良かった。でも、あの熊猫たちはここで何をしていたのだろうか。迷宮で暮らす魔物《まもの》にしては殺意というか、恐怖を感じなかった。

あの豊豚魔《ほうとんま》とも敵対していたようだし。熊会長の様に人間と共に暮らす友好的な種族っぽいな。言葉も理解できたから、いいお客さんになれたかもしれないのに。非常に残念だ。

ただ、ここは異世界だというのに、獣人《じゅうじん》も魔物も何かしら地球の生物を元にしたような姿をしているが、あの熊猫は何なのだろうか。何処《どこ》かで、若い頃《ころ》どこかで見たことがあるような気がするのだが……名前何だったか。

凄《すご》くマニアックな名前だったような。中学ぐらいの時にその名前に惹《ひ》かれたような……。

「ほんとに戻るの……」

「奥に進んだら魔物が強くなるんだよ……」

「罠がまだいきているかもしれないわ……」

おおっ、さっきの熊猫たちの声が聞こえる。

ずっと豊豚魔《ほうとんま》が消えて行った方向を注意していたから、気づいていなかったが、こっちに近づいてきていたのか。

視線を移すと周囲を警戒《けいかい》しながら四匹の熊猫が歩いてきていた。

さて、どうしようか。このまま壁の振りをしていたら気づかれない可能性があるから、まずは配色を普通《ふつう》の自動販売機に戻しておこう。大きさは子供用のままでいいか。熊猫たちの身長だと、この方が使いやすいだろう。

ああ、手足が短めで和《なご》むなぁ。

「あれ何？」

「なんだろう」

「さっき豊豚魔《ほうとんま》が引っ掛かっていた罠じゃないかな」

怪我をしている垂れ耳は距離を置いた状態でじっとこっちを見ている。ふくよかな熊猫も後方で控《ひか》えているようだ。残りの二匹は興味津々《しんしん》といった感じで、忍《しの》び足で近づいてくると前足というか手をひゅっと伸《の》ばして、俺の体を突《つつ》いている。

相手も様子を窺《うかが》っているだけなのだろう。やっぱり、猫っぽい外見だけあって好奇心《こうきしん》旺盛《おうせい》なのか。俺を取り囲んで鼻をひくひくさせて嗅《か》いでくる。

あ、今凄く幸せだ。このまま、熊猫に囲まれる至福の時間を楽しんでいたいが、そういう訳にもいかない。非常に残念だが。

「いらっしゃいませ」

「ヴオオオオオッ⁉」

一斉《いっせい》に熊猫たちが後方に跳《と》んで、距離を取った。だから、鳴き声と顔が怖《こわ》いって。悪いことをしたな、驚《おどろ》かせてしまった。

「ヴアアアアアッ！」

黒褐色《こくかっしょく》は気が強いようで、大口を開けて威嚇《いかく》している。

残りの二匹はじりじりと後退《あとずさ》っているな。このままだと逃げられてしまう。ここはフォルムチェンジをして、から揚《あ》げを温めて取り出し口に落とすぞ。素早《すばや》さが上がったからなのか、あっという間に温め終わった。

「光って伸びたよ！」

「み、みんな、気を付けろっ」

「逃げた方がよくない？　ねえ、逃げた方がよくない？」

後方の三匹が更に慌《あわ》てている。

細身はリーダーなのだろうか、仲間に注意を促《うなが》している。ぽっちゃりしているのは臆《おく》病《びょう》らしく一番後方まで下がっている。

くそっ、怯《おび》えた素振りも可愛いじゃないか。

「えっ、この匂《にお》い肉か」

黒褐色《こっかっしょく》が匂いに気づいて鼻がぴくぴくしている。

猫《ねこ》と言えば魚というイメージがあるが、実は魚よりも鶏肉《とりにく》の方が好きだ。家で飼っていた猫なんて、何度も生の鶏肉や、から揚げを強奪《ごうだつ》した前科がある。まあ、あれが熊《くま》だったとしても肉なら好物だろう。

罠でないかと警戒はしているようだが、好奇心《こうきしん》と食欲に動きを封《ふう》じられているようだ。

「いらっしゃいませ　こうかをとうにゅうしてください」

「ヴアアアアッ……ア？　これって物を売っている箱なのかしら」

お、垂れ耳が気づいてくれたか。

「スコ、騙《だま》されてはいけない。物で釣《つ》るタイプの罠かもしれない」

細身は慎重《しんちょう》派だな。もこもこしているのなんて匂いにつられてふらふらと、俺に近づいてきているというのに。

「ペル、近づいちゃダメだ。ショートも一定の距離《きょり》を取るんだ」

「わかった、ミケネ」

お、登場した熊猫の名前が全て判明したぞ。細身のリーダー格がミケネ、耳が垂れているメスっぽいのがスコ。ぽっちゃりしているのがペルで、黒褐色《こつかつしょく》の気が強そうなのがショートか。

どうにか熊猫たちに商品を買ってもらえるように誘導《ゆうどう》しないとな。

警戒は解かれていないが、から揚げが気になっているようだ。全てタダで提供すると、欲を出されて商品を購入《こうにゅう》しようともせずに、中身を取り出そうとされても困るからな。

「もう、食べてみようよ。食料ももうないし、ボクお腹空《なかす》いたよ」

よっし、誘惑《ゆうわく》に負けるんだ、ペルと呼ばれていた熊猫。見た目通り食いしん坊《ぼう》キャラなのか。

「バカ、ペル。大食いの悪魔《あくま》と呼ばれた、袋熊猫人魔《ふくろくまねこじんま》の一員である誇《ほこ》りを忘れたのかっ」

ミケネだったたか。リーダーっぽいのが胸を張っているのはいいのだが、大食いの悪魔ってなんだ。それに袋熊猫人魔《ふくろくまねこじんま》って名称《めいしょう》が長いな。

種族名から察するに有袋類《ゆうたいるい》で熊と猫っぽい特徴《とくちょう》があるってことか。それに大食いの悪魔か……あああっ！　元になった動物わかったぞ！　そのネーミングの格好良さに中学時代注目していた絶滅《ぜつめつ》が危惧《きぐ》されている動物。たぶん、タスマニアデビルだ！

一見可愛《かわい》らしい顔をしているのに悪魔のような鳴き声と胸元《むなもと》の白い三日月模様。思い出した、タスマニアデビルで間違《まちが》いない。もっとも異世界なので、もっと違う何かなのかもしれないが、もやもやが晴れてスッキリした。

タスマニアデビルって肉食でかなりの大食いだったような。客として迎《むか》え入れられたら、売り上げが期待できるぞ。

「いらっしゃいませ　こうかをとうにゅうしてください」

「逃《に》げるかそれとも……」

「もう、ボクダメぇぇ」

ペルがミケネを押しのけから揚げの入った箱に飛び付いた。そして、周囲が止める間もなく箱を引き裂《さ》くと、中から湯気を立ち昇《のぼ》らせているから揚げを鋭《するど》い爪《つめ》で摘《つま》み上げて、口の中に放《ほう》り込んだ。

「はふはふ、んぐっ、お、おいしいいいいいいいいぃ！　何これ⁉」

五個入りのから揚げをあっという間に平らげ、口元の油を舌で舐《な》めとっている。

「え、美味《おい》しいの？　え、硬貨《こうか》入れたら、この絵と同じものが買えるってことなのかな」

「お、おい。俺たちのは！　いっそのこと箱を壊《こわ》すか……いや、ここは硬貨を入れておいて、後で壊して回収すればいいだけか。俺も食うぞ」

「待つんだ、スコ、ショート！　これは罠《わな》かも――」

ミケネが止めるのを無視して、黒褐色《こつかつしょく》のショートがジャケットのポケットから銀貨を取り出し、硬貨投入口を何とか見つけ出すと、そこに放り込んだ。

「絵の下の出っ張りが光っているな。これを押せということか」

ここで集落の人間相手なら「いらっしゃいませ」と返事をするのだが、彼らにはそれが「はい」という意味だというのが伝わらない。集落の生活では、そういったやり取りが普通になっていて油断していた。本来なら今みたいに言葉が通じない方が当たり前なのだ。

ショートが恐《おそ》る恐るから揚げのスイッチを押すと、商品が温まった状態で取り出し口に現れる。

「やはりそうなのか。何という香《こう》ばしく食欲をそそる匂いだ。それに温かい。俺も食うぞ」

「じゃあ、私も」

ミケネ以外がから揚げを購入して、はふはふ言いながら美味しそうに食べている。ペルは銀貨を何枚も取り出すと、次々と投入口に硬貨を入れ、から揚げのスイッチを連打している。

素早さを上げていて良かったよ。この調子だと温め終わるまで辛抱《しんぼう》できずに壊されかねない勢いだ。

合計六個のから揚げを提供すると、その後ろで待っていたショートとスコが同じように、購入してくれている。

短い腕《うで》を組んだ状態でじっとこちらを見つめていたミケネも、どうやら辛抱が限界に達したようで、ふらふらと俺の前に歩み寄ると銀貨を入れて、から揚げを購入した。

「全く、みんな罠だったらどうするつもりだい。まずは、毒味をしてから……はあぅ、肉汁《にくじゅう》が溢《あふ》れ出すよ！　なにこれ、すっごく美味しぃ！」

よっし、全員陥落《かんらく》した。日本の冷凍《れいとう》食品技術を思い知ったか。って、俺の手柄《てがら》のように振舞《ふるま》うのは違うな。ありがとう、某社《ぼうしゃ》！　個人的にはこのメーカーの炒飯《チャーハン》が好きなのだが、肉食の彼らが食べるのか疑問ではある。

でも熊会長は何でも食べていたから、その点は心配しないでもいいのかもしれないな。そんなことを考えながら、呑気《のんき》に眺《なが》めていたのだが……このタスマニアデビルたちはいつまで食べ続けるんだ。既《すで》にから揚げ一人前を一人頭、二十回以上買っているぞ。

え、胃袋《いぶくろ》は大丈夫《だいじょうぶ》？　まさかたった四匹《ひき》というか四人でいいのかな。彼らだけでから揚げの補充《ほじゅう》をする羽目になるとは。大食いの悪魔恐るべし。

「もう、お腹パンパンだよ。逃げるのにも疲《つか》れたしぃ……」

「こら、ペル。こんなところで寝《ね》るんじゃない」

「ミケネ、ここで休憩《きゅうけい》した方が良いんじゃないか。スコも動くのは限界だろ」

「ごめんね。もう歩けそうもない」

「いや、ボクの方こそゴメン。じゃあ、ボクが見張りをしておくから、みんなここで休んでくれ」

「わかった。後で代わるからミケネ初めは頼《たの》むよ」

リーダーらしき細身のミケネ以外は俺と壁《かべ》の隙間《すきま》に隠《かく》れるようにして入り込み、横になると一分も経《た》たずに眠《ねむ》りに落ちた。余程《よほど》疲れていたのだろう。

この距離なら何とか〈結界〉で防いであげられるかもしれない。

ここまで見た感じでは全員がお互《たが》いを信頼《しんらい》して庇《かば》いあう良好な関係に思える。見張りに立っている細身のミケネは俺にもたれかかりながら、たまに意識が飛んでいるな。立っているのもやっとのようだ。

辺りは暗くなり始めているし、このまま寝てもいいんだぞ。俺が代わりに見張りやっておくから。そんな俺の思いが通じたわけではないだろうが、ミケネが力尽《ちからつ》きたように地面へと滑《すべ》り落ち、そのまま眠ってしまった。

お疲れさん。今日は安心してぐっすり眠ってくれ。

「みんなこれからどうする」

「んがっ、はぐはぐむしゃむぐ」

ミケネが仲間に今後のことを相談しているのだが、全員が食事に夢中で全く聞いていない。彼らは結局朝まで誰《だれ》も起きることなく、目が覚めると同時にお腹が空いたようで、またも、から揚《あ》げを大量購入してくれた。

その際に体を変化させると、また厳《いか》つい顔で威嚇《いかく》されたのだが、から揚げが買えることがわかるとあっさり状況《じょうきょう》を受け入れてくれた。この種族何よりも食欲が優先されるのかもしれない。

「でも、この箱何なんだろうな」

「んぐっ。ふぅぅ。ご飯が買える魔道具じゃないの？」

「ボクたち運が良かったよね。こんなに美味しいお肉食べられるんだから」

「ペルは呑気だな。こんな状況なのに」

朝飯を食べていた彼らの話を盗《ぬす》み聞きしていてわかったのだが、彼らはこの迷路《めいろ》に住んでいる魔物ではなくハンターらしい。

とある一団に所属していて、その名も〈暴食の悪魔団〉と言うそうだ。何と言うか見た目に反したネーミングだが、彼らの食べっぷりを目撃《もくげき》した後だと納得《なっとく》してしまう。

しかし、この世界のハンターグループは変な名前をつけなければいけない縛《しば》りでもあるのだろうか。話を聞いている限りでは、この迷路の階層かなり実入りはいいが危険度が高いらしく、安定を求めるハンターたちからは忌避《きひ》されているらしい。どうりでハンターと全く出会わないわけだ。

彼ら暴食の悪魔団は当人たち曰《いわ》く何故《なぜ》か出費が激しいらしく、団を維持《いじ》する為《ため》に一攫千金《いっかくせんきん》を求めて、この階層にやってきたそうだ。まあ、その理由は……第三者からしてみれば、よくわかるのだが……食べる量を抑《おさ》えられないのだろうか。

彼らは身体能力も高く、顎《あご》の強さと爪の鋭さ、それに〈咆哮《ほうこう》〉と呼ばれる威圧系の加護を所持しているようだ。ハンターとしては無能ではないらしいが、生まれつき体が小さいので大型の敵を苦手にしている。

それでも彼らに言わせると、追いかけてきていた豊豚魔《ほうとんま》も仲間の怪我《けが》がなく、相手が二体だったら何とか撃退する自信があったそうだ。本当かどうかは知らないが。

全《すべ》て食べつくした彼らはお腹を擦《さす》りながらボーっとしている。腹が膨《ふく》れると危機感が無くなるのか、寛《くつろ》いでいるな。

「みんな、話がある。ちゃんと聞いてくれ。今後どうするかなのだけど、どうにか入り口に戻《もど》ろうと思っている」

「でも、お宝何も手に入れてないよ？」

「ボ、ボクは帰るのに賛成かな。だって、ここ怖《こわ》いし」

「今帰ったら団の存続は不可能になるけど、いいんだな？」

命あっての物種って言うしね。正直、戻った方がいいんじゃないかな。

唯一《ゆいいつ》のメス――いや、女性と言うべきだな。傷を負った彼女が完治したら戻るのを推《すい》奨《しょう》するよ。

「みんな、宝なら見つけたじゃないか。食べ物が買える魔道具を！」

「ああぁっ、それもそうか！」

宝と言われて若干《じゃっかん》悪くない気分だが、俺は誰の所有物でもないし、相棒はラッミスと決めているからな。文句の一つでも言っておくか。

「ざんねん」

「ヴァアアアッ！　びっくりした。いらっしゃいませ以外にも言えるんだ」

「あたりがでたらもういっぽん」

「えっ、他《ほか》にも何か話せたりして……」

「ありがとうございました　またのごりようをおまちしています」

自分が話せる音声を全て再生して相手の出方を窺《うかが》ってみる。

袋熊猫人魔《ふくろくまねこじんま》こと熊猫たちは円陣《えんじん》を組んで顔を見合わせて、ぼそぼそと話し合っているようだ。

「今、ボクたちの声に反応していなかった？」

「偶然《ぐうぜん》じゃないかしら」

「でも、受け答えしているようなタイミングだったよ」

「まさか、この箱は意思があるのか？　試《ため》してみるしかないぞ」

話し合いが終わると、全員が俺から一歩距離《きょり》を取ってじっと見つめている。くっ、黒い瞳《ひとみ》でじっと見られたら和《なご》んでしまうじゃないか。

ミケネが仲間を代表して一歩前に進み出ると、意を決して話しかけてきた。

「もしかして、ボクたちの言葉を理解していたりしますか？」

その台詞《せりふ》を待っていた。当然答えは決まっている。

「いらっしゃいませ」

「あっ、やっぱり、言葉が通じてないよ。こっちの声に反応して適当な言葉を返しているだけみたい」

えっ？　いやいやいやいや！　そこは察しようよ。決められた言葉しか話せなくて、それで対応しているって。

「ざんねん」

「あ、本当だ。ただ反応しているだけで、意味がないみたい。あー、びっくりした」

「うんうん、驚《おどろ》いたらまたお腹空《なかす》いてきたよ。今度はこの肉を揚げたの以外も食べてみようかなー」

えええええっ！　ほら、もうちょっと頑張《がんば》って考察しようよ！　色々見えてくるかもしれないぞ、頑張れ！

とまあ、心の中で応援《おうえん》してみたが、我関せずとまた食事を始めている。

はぁ……ああ、でも、そうか。冷静に考えてみれば、これが普通《ふつう》の反応なのか。

ラッミスの感受性の高さに助けられて、俺は集落でも普通に意思の疎通《そつう》が可能になったが、彼らの方が当たり前の感覚なのか。

「じゃあ、この魔道具《まどうぐ》の箱を持って帰るって事でいいかな」

「はーい」「いいぜ」

満場一致《いっち》で可決されました。どうにか誤解を解きたいところだが、今はいいか。入り口付近まで運んでもらえるなら、そっちの方がありがたいしな。ラッミスたちが探しに来てくれた場合、直《す》ぐに見つけてもらえるし。

「じゃあ、スコは怪我しているから、ボクたち三人でこれを運ぶよ！」

ミケネ、ペル、ショートが俺を取り囲み、動かそうと力を込《こ》めているが少しだけ地面を擦《こす》った程度で一センチ動いたかどうかだ。こういう場面に遭遇《そうぐう》する度《たび》に、俺を一人で運ぶラッミスの凄《すご》さを思い知らされる。

「ふんぬうううう」

「うがあああ、ヴアアアアアッ！」

「だ、ダメだぁぁ」

三人とも俺にもたれかかって荒《あら》い呼吸を繰《く》り返している。小柄《こがら》な割には力持ちなのかもしれないが、俺を運ぶには力不足だよな。

同行したら食料の確保が必要なくなるし、いざとなったら〈結界〉で守ってあげられる。それに、見捨てるというか放っておくのは少し心配になる。

となると、彼らが運びやすい形になればいい。ダンボール自動販売機《じどうはんばいき》になったら彼らでも楽に運べるだろう。だけど、機種変化は二時間までという縛りがある。いざという時の為に、取っておくべきだよな。

残された方法はやっぱりこれか。ランクアップによって増えた機能の一つ、車輪を四つ底に設置する。

「あれ、ちょっと背が高くなってない」

「見て見て、箱の下に車輪がでてきたよ！」

気づいてくれたか。これで移動が可能になったと思うが、大丈夫だよな？

もう一度、スコを除いた全員で俺の側面に回って押すと、ゆっくりではあるが思ったよりもスムーズに動き始めた。ここは道が平坦《へいたん》で上りでも下りでもないのが良かったようだ。

「動く動く！」

「これで大金持ちだね！」

「いつでもお腹いっぱい食べられるかな」

「これだけ便利な魔道具だ。鎖《くさり》食堂あたりに売り込めば大金が転がり込むぞ」

喜んでいるところ悪いんだが、売られる気はないぞ。あと、鎖食堂は断固拒否《きよひ》する。

うーん、彼らとラッミスたちが出会ったら確実にひと悶着《もんちやく》起こるだろうな。悩《なや》ましい事態になりそうだが、今は少しでも入り口に近づきたいので考えないようにしよう。

四匹と一台

車輪がついて動かせるようになったとはいえ、重量があるのでかなり体力を持っていかれるらしく、一時間ぐらい押されていると休憩《きゅうけい》になった。

そうなると、飲み物が欲しくなるようで飲料を各自一本ずつ選んでいる。

彼らの体力とやる気が尽きてしまうと俺としても困るので、商品は安めに提供しているのだが、水分はそれ程必要としていないようだ。肉を食べる量に比べたら一般《いっぱん》的な量しか飲んでいない。

休憩を何度も挟《はさ》んで一日かけて進んだのだが正直実感が湧《わ》かない。道の先は見えてこず、周囲の風景も殆《ほとん》ど変わりがないので、本当に進んでいるのかと不安になるぐらいだ。

たまに脇道《わきみち》が現れるのだが、その先がかなり入り組んでいることを俺は知っている。防犯用カメラで撮影《さつえい》した迷路の全景はバッチリ記録してあるからな。

夕方になると彼らは早めに野営の準備を始めている。夜の魔物は凶暴《きょうぼう》化するという話を門番のカリオスがしていたから、それを警戒《けいかい》してのことだろう。

昼もそうだが夜も大量に商品が売れていく。彼らの食欲には呆《あき》れを通り越《こ》して感心してしまうよ。愚者《ぐしゃ》の奇行《きこう》団にいた射手のシュイと大食い対決をさせたら面白《おもしろ》いことになりそうだ。

「どれぐらいで入り口につくかな」

「早くても一週間ぐらいじゃないかしら。私たちが迷路階層に入ってから二週間ぐらいだし」

「何日も中で迷っていたもんね。ボクもそれぐらいだと思う」

「大通りは一本道だから迷うことは無いと思うが、その代わり魔物に遭遇《そうぐう》する確率が上がる。用心はしておこう」

豊豚魔《ほうとんま》以外に会ったことはないが、迷路階層の中には色々な魔物が生息しているのは当たり前か。上空から眺《なが》めた感じでは巨大《きょだい》な人形の岩みたいなのがいたな。一般的なファンタジーなら石や岩でできた魔法生命体ゴーレムってところか。

後は余りに距離があり過ぎていて、何か蠢《うごめ》いているのがわかったが、正確な姿は確認《かくにん》できなかった。

「もう少し進んだら豊豚魔《ほうとんま》が出てきた場所だったね」

「うん、そうね。不意に脇道から飛び出してきて、足に怪我しちゃったから良く覚えているわ」

「あの時はびっくりしたなぁ。思い出したらお腹空いてきた」

「もう少しペルは自重しろ」

豊豚魔《ほうとんま》がうろついているエリアなのか。スコの足はだいぶ良くなっているので、今度狙《ねら》われても全力で逃《に》げれば問題ないだろう。

俺の〈結界〉の事を暴食の悪魔団は知らない。これを伝えておいた方が良いのは理解しているが、彼らに見せたところでちゃんと意味が通じるのか。

土壇場《どたんば》で戸惑《とまど》ってミスを犯《おか》すぐらいなら、今の内に見せておいた方がいいよな。うん、決めた。

「いらっしゃいませ」

「ヴァアアアッ!?　何、何で急にこの箱は話し出したのっ」

相変わらず驚いたときの悲鳴と言うか鳴き声と、迫力《はくりょく》のあり過ぎる顔が怖い。

全員が俺に注目したな。じゃあ、いっちょ発動しますか。

「えっ、えっ、青くて透明《とうめい》の壁《かべ》が」

「ど、どうなっているの。み、みんな大丈夫《だいじょうぶ》!?」

ミケネとスコは押す係ではなく少し離《はな》れたところにいたので、結界の外にいるな。押していた二人は自分たちが結界に囲まれていることに気づき、慌《あわ》てて外に出ようとして結界で頭を打っている。

「で、出られないよっ！　ミケネ、スコ、助けてぇぇ」

「ペルうろたえるな。落ち着くんだ」

閉じ込められることになったペルが慌てふためき取り乱しているが、ショートは冷静に落ち着かせようとしている。

「ヴァアアアア！」

ミケネとスコが大口を開けて威嚇《いかく》すると、結界に向かって鋭《するど》い爪《つめ》を振《ふ》り下ろした。

だが、その爪は結界を貫《つらぬ》くことができずに、簡単に弾《はじ》かれてしまう。

「これは、この箱がやっているのかっ、ならば」

今度はショートが大口を開けて俺の体に嚙《か》みつこうとしてきた。ショートが結界に入ることを許可しない！

嚙みつこうとした体勢のまま外に弾き出されたショートは、地面を滑《すべ》りながら四《よ》つん這《ば》いでこっちを睨《にら》んでいる。

いつもとは全く違《ちが》う好戦的な対応をしてきたな。ただの大食い癒《いや》し系かと思っていたが、いざとなれば中々凶暴な種族のようだ。

「ヴァアアアアッ！　どういうつもりだ、魔法道具！　仲間を離せ！」

ミケネが凶悪な形相で威嚇《いかく》している。悪魔の名は伊達《だて》じゃないな。

ちょっと予想外な展開になってしまったが、誤解を解く為《ため》にもペルも解放しておこう。

「ボ、ボクだけ出られ……あ、出られた」

「無事かペル。何だ一体。この青いのは……それにこれは魔法道具がやったのか？」

「いらっしゃいませ」

いつもの調子で「はい」の代わりに声を出した。

「舐《な》めているのかっ！　何がいらっしゃいませだっ」

ショートが怒《いか》りのあまり、牙《きば》を剥《む》き出しにして唸《うな》り声を上げている。

そう取られたか。この状況《じょうきょう》でいらっしゃいませ、何て言われたら馬鹿《ばか》にしていると思われても、しょうがないのか。駄目《だめ》だな、ラッミスたちを相手にしている時のやり取りが、体に染みついている。

彼らとコミュニケーションを取るには、新たな手段を模索《もさく》するしかない。

となると〈念話〉を選ばなかったことが悔《く》やまれるが、過去を後悔《こうかい》しても意味はないよな。だったら、今やれる最善の方法を試《ため》すだけだ。

以前から迷っていた機能〈電光掲示板《けいじばん》〉を取得した。これは結構ポイントを消費するのでずっと躊躇《ためら》っていた機能の一つだ。理想としては、ここに文字を表示して相手との対話を可能にすることなのだが。物は試しだ、稼働《かどう》させてみよう。

商品がずらっと並んでいる上部に黒く長い掲示板が設置される。そして、そこに文字が流れるように意識してみる。

『いらっしゃいませ　こうかをとうにゅうしてください　ありがとうございました　またのごりようをおまちしています』

やっぱり、定型文だけかっ！　これが躊躇《ためら》っていた最大の理由だ。音声の再生も決まった文章のみだったので嫌《いや》な予感がしていた。何と言うか、予想通り過ぎて泣きそうだ。

「え、何あれ。変な絵というか線？　が流れている」

「もしかして、文字なのか。見たこともないけど……」

あ、うん。おまけに日本語表示なんだ。いや、わかっていたよ。缶《かん》や自動販売機の文字が通じてない時点でこのオチ読めていたけどな！

一縷《いちる》の望みに賭《か》けたのだが、これじゃあ、相手にとって意味不明な文字を垂れ流すだけの装置か。ポイント返してくれませんかね。

ああ、くそっ、困った。完全に手詰《てづ》まりだ。どうやって、彼らに俺が無害で結界が守る力だというのをわからせればいい。

「魔道具の箱はボクたちを拒絶《きょぜつ》したということだよな」

「ざんねん」

「ほら、やっぱりそうだ」

いや、違うんだってミケネ。また「いいえ」のつもりで口にしてしまった。

ほんっともどかしい。ラッミスとヒュールミが恋《こい》しいよ。

「手も出せないし、この箱置いて行くしかないか」

「でも、ミケネ。あれを持って帰らないと、お金がなくて飢《う》え死にしちゃうよ」

「ペルの言う通りだ。どうにか持って帰る方法を模索しないか」

「うんうん、そうだよね。ほら、追い出されただけで怪我《けが》したわけじゃないし」

お、まだ望みはあるのか。じゃあ、まずは結界を解除しよう。そして、更《さら》に食べ物を提供しようじゃないか。さあ、好物のから揚《あ》げだよー。

「はうぅ、あの肉の匂《にお》いがぁぁ」

「ペル簡単に誘惑《ゆうわく》されるなっ」

「そう言うショートだって口から涎垂《よだれ》れているわよ」

「罠《わな》かもしれない。まずはボクが毒味をっ」

悩んでいたのが馬鹿らしくなるぐらい、あっさりと陥落《かんらく》したぞ。から揚げに飛び付いて、また大量購入《こうにゅう》を始めている。胃袋《いぶくろ》を摑《つか》んだ俺の勝ちということなのだろうか。

「はふっはふっ。こんなに美味《おい》しい料理を作れる箱が悪い奴《やつ》の訳がないよ」

「うん、そうね。こんなに美味しいし」

「まあ、美味しいからいいかな」

「ああ、美味《うま》いからな」

それでいいのかお前たち。もうちょっと、こう、躊躇《ためら》って葛藤《かっとう》をしたりしないのか。

さっきまでの警戒ムードは何処《どこ》かに吹《ふ》き飛び、から揚げを大量に口の中へ放《ほう》り込み、満足そうに咀嚼《そしゃく》している。

彼らの幸せそうな顔を見ていたら、どうでもよくなるな。取り敢《あ》えず、行動を共にしてくれるようだし、曲がりなりにも結界の存在は伝わった。それだけで、良しとしよう。

「ぶひぃいいいぃいぃぃ！」

そんな和《なご》やかな空気を吹き飛ばす、豊豚魔《ほうとんま》の鳴き声が響《ひび》き渡《わた》り、続いてどたどたと地面を叩《たた》く音が流れてきた。音の源は少し先にある横道の入り口か。

「今のは豊豚魔《ほうとんま》！　みんな逃げる準備をして！」

全員が一斉《いっせい》に立ち上がり前屈《まえかが》みになった。逃げる準備は万端《ばんたん》か。あ、これ、また置いて行かれるパターンだ。暴食の悪魔団の面々が生き延びてくれるなら、また時間稼《かせ》ぎ担当するか。

そんな気持ちで横道に繋《つな》がる箇所《かしょ》を眺めていると、豊豚魔《ほうとんま》が六体飛び出してきた。そして、こっちに向かって走ってきている。体中から汗《あせ》を流し、武器も手放した状態で全力疾《しっ》走《そう》をして。

え、何で、今にも泣きだしそうな悲愴《ひそう》な表情なんだ。あれじゃまるで、誰《だれ》かに追われているみたいじゃ――。

そんな俺の考えを肯定《こうてい》する様に、豊豚魔《ほうとんま》の背後の大気が揺《ゆ》らぎ、巨大な骨の手が現れて壁を摑んだ。それはただ大きいだけではない、その手は炎《ほのお》に覆《おお》われ、凄《すさ》まじい熱量に石の壁が溶解《ようかい》して、マグマのように変貌《へんぼう》している。

そして、更にぬっと豊豚魔《ほうとんま》一体分はありそうな巨大な頭蓋骨《ずがいこつ》が抜《ぬ》け出てきた。腕《うで》と同様に顔は炎を纏《まと》い目には黒い炎が宿っていた。

「あれは、炎巨骨魔《えんきよこつま》っ！　嘘《うそ》だろっ、みんな逃げろっ！」

炎巨骨魔

豊豚魔《ほうとんま》は暴食の悪魔団を襲《おそ》う余裕《よゆう》もなく、ただ逃げているだけのようだ。暴食の悪魔団は既《すで》に脱兎《だっと》のごとく走り去っている。

炎を纏《まと》った骸骨《がいこつ》の全身像が露《あら》わになったのだが、これは驚愕《きょうがく》するレベルの巨大《きょだい》さだ。壁の頂点にもう少しで達しそうだ。十メートル近くあるのか。

あまりの熱量に視界が霞《かす》んでいるな。一歩踏《ふ》み出すごとに、地面が足の形に溶《と》けて陥没《かんぼつ》しているぞ。おまけに縦揺れが酷《ひど》い。あれだけの巨体だと骨だけでも重量が半端《はんぱ》ないようだ。自動販売機《じどうはんばいき》の体を浮《う》かすほどの振動《しんどう》って、相当なものだぞ。

ここまで凄《すご》いと王蛙人魔《おうかわずじんま》に使ったコーラスプラッシュも通用しないか。水の入ったペットボトルをぶつけたところで、まさに焼け石に水だろうな。

倒《たお》すのは諦《あきら》めて、時間稼ぎの方法を考えるか。もう少しで、豊豚魔《ほうとんま》が俺の許《もと》にまで辿《たど》り着きそうだ……ということは、やることが決まった。

まずはフォルムチェンジだな。ランク2から機能欄《らん》に現れた〈灯油計量器〉を新たに追加して変化する。ガソリンスタンドに必ずある冬場お世話になるあれだ。

白いボディーに某《ぼう》ガソリンスタンドのマークが描《えが》かれ、側面に強度のあるゴム製のホースとレバー付きのノズルがある。

よっし、これで地面に灯油をぶちまけて――ノズルの先端が本体に挿《さ》さっているな。このままレバーを引くと俺が灯油まみれにならないか。

まあ、灯油に濡《ぬ》れても〈結界〉内に入るのを拒否したら付着した灯油も外に弾き出されるよな。ちょっと試しに少しだけ灯油を出してみよう。

レバーを引いて……そうか安全性を考慮《こうりょ》して挿さった状態だと灯油が出ないのか。さすが日本製だ。作戦、これにて終了《しゅうりょう》！

とまあ、潔《いさぎよ》く諦《あきら》める人間――自動販売機じゃないんだよな。何かしらの抜け道と言うか方法が無いか。っておおっ。

炎巨骨魔《えんきょこつま》が更に一歩踏み出すと振動が増して、灯油計量器となった俺の体が地面から離《はな》れる。そして着地と同時にノズルが外れて地面に落ちた。

これはついてるぞ。先端も上手《うま》い具合に通路側に向いている。なら、このまま灯油を地面にぶちまけるか。

ノズルから溢《あふ》れ出した灯油が俺の前の地面を濡らしていく。ここは地面も石なので灯油が沁《し》み込まず、一帯に薄《うす》い油溜《た》まりが出来る。

逃《に》げることに必死で足下を全く注意していなかった豊豚魔《ほうとんま》が灯油地帯に差し掛《か》かると、

「ぶひぃぃぃぃい」

その場で受け身も取れずに転んでいく。頭を抱《かか》えて唸っているのもいるな。

灯油まみれの床《ゆか》って、スケートリンクかと思うぐらい滑《すべ》るので、一度転んだ豊豚魔《ほうとんま》は起きることとも困難になっている。

そして、そこに後方から追い付いてきた炎巨骨魔《えんきょこつま》が燃え盛《さか》る巨大な足を振《ふ》り下ろすと――

――灯油が一気に燃え広がり、辺りが火の海と化した。

俺はもちろん〈結界〉で熱も炎も遮断《しゃだん》しているが、転んで全身を灯油でコーティングした豊豚魔《ほうとんま》たちは見事なまでに燃え上がっている。

断末魔《だんまつま》の叫びを上げることすら出来ずに崩《くず》れ落ちた豊豚魔《ほうとんま》の死体を、炎巨骨魔《えんきょこつま》が摘《つま》み上げると、骸骨《がいこつ》の口を開き、その中へと放り込んでいく。

骸骨《がいこつ》の癖《くせ》に食事をするのか。炎に触《ふ》れて消し炭となっているのに、それでいいのだろうか。

炎の海の中で燃え盛る巨大な骸骨《がいこつ》が焦《こ》げた死体を喰《く》う姿と言うのは、恐怖《きょうふ》よりも荘厳《そうごん》な感じがする。これって俺が結界内部という安全地帯にいるから思うことであって、生身だったら腰《こし》でも抜かしていそうだ。

六体の豊豚魔《ほうとんま》を平らげた炎巨骨魔《えんきょこつま》は俺を一瞥《いちべつ》しただけで、ちょっかいをかけてくるわけでもなく、そのまま歩き去っていく。

配色を壁《かべ》と同じに変化させていたので気づかなかったのか、もしくは腹が満たされて興味すら湧《わ》かなかったのか。どちらにしろ、助かったことに変わりはない。

しかし、酷い有様だ。地面は足裏の骨の形に陥没《かんぼつ》しているし、あれが近づいた壁際《かべぎわ》も溶けて固まり歪《いびつ》な形に変化している。

あれも階層主なのだろうか。上空から観察した時はその存在を確認《かくにん》できなかったが、何か出没する条件があるのかもしれないな。

あんなのが我が物顔で闊歩《かっぽ》していたら迷宮《めいきゅう》はもっと酷いことになっていそうだが、やはり、何か理由があるのだろうか。


さて、問題はまた独りぼっちになったことぐらいだ。でも、暴食の悪魔団はお腹《なか》がすいたら戻《もど》ってきそうな気がする。どうにも、考えがおおざっぱすぎるようで、食料をバックパックに入れておけばいいのに、何も考えずに食べているだけだったからな。

あとは地面の至る所が陥没《かんぼつ》して熱で歪《ゆが》んでいるから、自動販売機を押してもらうのも一苦労しそうだ。

流石《さすが》に今回の敵は能天気な所がある彼らでも命の危機を感じたらしく、夜が更《ふ》けて辺りが真っ暗になるまで戻ってこなかった。まあ、結局、今こうやって俺の前でご飯を食べているわけだが。

「はぁ、驚《おどろ》くとお腹減るよね」

ペル、キミはいつもお腹空《す》いているよ。

「まさか、階層主にお目にかかれるとは……噂《うわさ》には聞いたことがあったけど凄かった。会長に後で自慢《じまん》できるよ」

「ほんと、ほんと、びっくりしたわ」

「炎巨骨魔《えんきよこつま》を倒すとお宝が手に入るって話だが、あんなものをどうやって倒せと言うのだろうな」

ショートに同意するよ。あんなの倒しようがないだろう。巨体なのもあれだが、あの炎に近づけるわけがない。水を掛けて消火するにしても、それこそ池の水を一気にぶっかけるぐらいのことをしないと無駄《むだ》だろう。

水の入ったペットボトルの水を投げまくっても無意味だよな。考えたところでしょうがないか。俺がアレと戦うような事はないだろうし。

安堵《あんど》して眠《ねむ》りこける彼らに囲まれながら、炎巨骨魔《えんきよこつま》が消えて行った脇道《わきみち》をずっと見つめていた。

「そこ、右に行きすぎないで。左、もうちょっと左」

ミケネの指示の下に、俺の体を慎重《しんちょう》に運んでくれている。地面の凹凸《おうとつ》が酷いので何とか平らな場所を探しながら進み、朝からずっとやっているのに陥没《かんぼつ》地帯を何とか抜けた時には、もう空が暮れ始めていた。

今日は殆《ほとん》ど進んでいないが、明日からは地面が平坦《へいたん》になるので移動速度も上がるだろう。またあの炎巨骨魔《えんきよこつま》が現れたら、何とか時間稼ぎをするしかないよな。

今日はもうこれ以上イベントは必要ないので、安全な夜を過ごしたいところだ。

そんなことを考えている間も俺はフル稼働《かどう》で、次々と商品が購入《こうにゅう》されていく。かなり安い値段で提供しているのだが、彼らの懐《ふところ》具合が心配になるな。そりゃ、団継続《けいぞく》も危うくなるよな。

いつものように腹いっぱいになると注意力が散漫《さんまん》になるようで、見張りも残さずに眠りこけている。まあ、敵の気配や物音がしたらすぐさま目が覚めるようなので、俺が警戒《けいかい》音を発したら跳《と》び起きるだろう。

静かな夜だな。巨大な壁が並ぶ幅《はば》の広い通路っていうのは雰囲気《ふんいき》がある。夜なので灯《あか》りは俺の体から発している光のみで、少し離れると周囲は漆黒《しっこく》の闇《やみ》だ。

俺の光は目立ちすぎるな消しておくか。完全な闇に沈《しず》み、聞こえる音も彼らの寝息《ねいき》ぐらい。ああ、怖《こわ》いぐらい静かだ。でも、誰かが傍《そば》にいてくれるだけで不安は少し和《やわ》らぐ。

これが生身で本当に独りぼっちだったら、恐怖のあまり発狂《はっきょう》してもおかしくない状況《じょうきょう》かもな。それぐらい、この場所は寂《さび》しく本能的に恐怖を覚える。

気配を感じる能力でもあれば、また違《ちが》ったのかもしれないが……あ、そういや面白《おもしろ》い機能があったな。確か、ここら辺に、あったあった〈人感センサー〉だ。

人の来ない夜中は照明を落としておいて、センサーが反応した時だけ照明をフル点灯したりできる。ああ、でも、これって俺には必要ないか。全部自力で判断と調整できるしな。

とまあ、色々考えてはみるのだが、幸せそうに寝ている彼らを見ていると和《なご》んでしまって、どうでもよくなってきた。うーん、彼らの傍にいると保護者のような気分になる。

せめて俺だけでも警戒は解かないようにしておかないと。暗闇では殆ど見えないので音だけに気を配っていると、今、微《かす》かに何か聞こえたような。

音の方向を探《さぐ》りだし、目を凝《こ》らして耳を澄《す》ます。ボーっと小さな音だが途切《とぎ》れることなく、流れ続けている。これってコンロの火が付いている時のような？

音は少し先の左手の方向。暗闇で見えないが確かそこら辺は脇道の入り口か。

暗闇の中にほんのり光が零《こぼ》れている。揺《ゆ》らいで見えるのは灯りが燃えている火だからか。

これは起こした方がいいな。

「いらっしゃいませ」

相手に感づかれる恐《おそ》れがあったので、音量控《ひか》えめで実行する。

「んー、お肉……あと二十個だけ……」

「ミケネ、ショート……男同士で、そんなの……駄目《だめ》だよぉ……」

寝言が聞こえる。あと、スコの発言に腐の波動を感じるが、聞かなかったことにしておこう。

起きる気配が全くないな。って、このまま放置はできないから、もう少し大きめで。

「またのごりようをおまちしています」

「ヴアアアアッ！　何、何、なんだ!?」

ミケネが跳び起きてくれたのはいいが、声が大き過ぎる。

その叫《さけ》び声に全員が起きて、慌《あわ》てて辺りを見回している。今ので完全に謎《なぞ》の光源にもばれたよな。辺りが徐々《じょじょ》に明るくなっているのは近づいてきている証拠《しょうこ》だ。

「みんな、敵だ逃げる準備をして」

戦わずに迷わず逃走《とうそう》を選ぶスタイル嫌《きら》いじゃない。命知らずな無謀《むぼう》なハンターよりも余《よ》程《ほど》いい。逃走準備の整った暴食の悪魔団の前に現れたのは、大人の人間と同程度の大きさをした、炎《ほのお》を纏《まと》った頭蓋骨《ずがいこつ》だった。

「炎飛頭魔《えんひとうま》かっ。速攻《そっこう》で処理しないと、炎巨骨魔《えんきよこつま》を呼ばれるぞ！」

「み、水！　誰《だれ》か大量の水をぶっかけて！」

あの炎の骸骨《がいこつ》の仲間なのか。アレを呼ばれたら勝ち目はない。水、水が必要なんだな。

素早《すばや》く二リットルのミネラルウォーターを取り出し口に落とす。

「え、水？　魔道具の箱から水が落ちてきたよ！」

「運がいいな！　スコ、それを渡《わた》してくれ！」

ショートや、それを運で片付けるのはやめていただきたいのだが。彼らは自動販売機である俺に意思があるとは思いもしてないよな。そろそろ、察してくれてもいいんだよ？

諦め交じりに更《さら》にペットボトルを落としておく。

全員が二リットルのペットボトルを抱え、あの爪《つめ》では咄嗟《とっさ》にキャップを外すのが難しいらしく、上部を鋭《するど》い爪で切り裂《さ》いている。

全員が小脇にペットボトルを抱えて特攻すると、思ったよりも素早い動きで間合いを詰《つ》めて中身を空飛ぶ頭蓋骨《ずがいこつ》にぶっかけた。

四本もの水を掛けられた頭蓋骨《ずがいこつ》の炎は完全に消え去り、守る物が無くなった頭蓋骨《ずがいこつ》はミケネの噛《か》みつきであっさりと砕《くだ》かれ消滅《しょうめつ》した。炎が消えると結構脆《もろ》いんだな。

今までは逃げているところしか見ていなかったので実力が不明だったのだが、かなり素早い動きをしていた。実は結構強いのかな。日頃《ひごろ》の態度を見ているとそうは思えないが。

あの炎飛頭魔《えんひとうま》を倒《たお》したのはいいのだが、援軍《えんぐん》を呼ばれていないか警戒しているようだ。

あのデカいのが来たら、それこそ逃げるしか手が無いからな。

暫《しばら》く様子を見て増援《ぞうえん》が無いことを確認すると、交互《こうご》に見張りに立つことになったようだ。

これで少しは安心して見守っていられるといいけど。

合流

Reborn as a Vending Machine, I Now Wander the Dungeon.

騒《さわ》がしい夜が過ぎ、またも大量の朝食を平らげると、彼らにしては珍《めずら》しく準備を始めている。いつもなら満腹感が薄《うす》れるまでダラダラしているというのに。

あの戦いを経験して暴食の悪魔団の面々も学んだようで、バックパックにミネラルウォーターを詰め込んでいる。

「炎飛頭魔《えんひとうま》は水を掛《か》ければ倒せるから、各自一本は所持しておこう」

「あと、食料も幾《いく》つか持っておこうよ。この箱と離《はな》れた時お腹空いちゃうよ」

食欲優先のペルだが、尤《もっと》もな意見なので全員が頷《うなず》き商品を選んでいる。お肉は保存食にならないので、商品にお菓子《かし》や保存も利《き》く缶《かん》の食料品を並べて置く。

「この魔法の箱って凄《すご》いよね。お肉食べたいと思ったら、お肉置いてくれるし。今は保存食っぽいの並べてくれて。まるで、意思があるみたいだなぁ」

おおおっ、ペル。わかってくれるのか！　ようやく、彼らと意思の疎通《そつう》が可能になるというのか。

「いらっしゃいませ」

「ないない。ほら、今も、いらっしゃいませしか言ってないだろ」

顔の前で手を振《ふ》りミケネが完全否定をしている。くそ、今度冷えたから揚げ提供するぞ。

はぁ、まあわかっていたよ。ここで「はい」「いいえ」が言えるなら、幾ら彼らでも察してくれるだろうが、いらっしゃいませじゃ無理だよな。

彼らは俺に危害を与《あた》えるわけじゃないし、今のままでも充分《じゅうぶん》か。取り敢《あ》えずの目的は迷路の入り口付近まで運んでもらい、清流の湖階層の人たちに見つけてもらうことだ。

その際には彼らにお礼を支払《しはら》ってもいいと考えている。でも、自動販売機《じどうはんばいき》で購入する際の割引とかの方が喜ばれるかもしれないな。

「じゃあ、今日も元気にみんな頑張《がんば》ろう!」

「おー!」

ああ、和むなぁ。魔物《まもの》が徘徊《はいかい》する危険と隣《とな》り合わせの状況だというのに、暴食の悪魔団を見ているだけでニヤついてしまいそうになる。自動販売機じゃなかったら顔が酷《ひど》いことになっていそうだ。

彼らが交代で俺を押しながら進んでいくと、進路方向のかなり先で砂埃《すなぼこり》が上がっているのが目視できた。誰かが争っているのか。あまりに距離《きょり》が開き過ぎていて、対象が人間なのか魔物なのかも判断できない。

「みんな、この先で誰か戦っているみたいだ、どうする」

ミケネも気づいたか。全員が足を止め背伸《せの》びをして先を見つめている。

「良く見えないが、確かに争っている音がするぞ」

「うんうん、ボクも聞こえる」

「ハンターっぽいよね。数も多いみたいだし」

俺も……は聞こえないな。彼らはかなり耳が良いようだ。

「どうしようか。このまま合流して助けてもらう？」

「それをすると、この魔道具の箱奪《うば》われないか」

「ででも、ボクたちだけで迷路を抜《ぬ》けるのはきつくないかな」

「そうよね。命あってこそだし。交渉《こうしょう》してみる価値があるかも」

少しもめたが、戦っているハンターたちが苦戦しているようなら、助力をして恩を売れば、悪い対応はされないだろうという結論に達したようだ。

「まずは単独で様子を窺《うかが》ってくる。交渉が可能かどうか確かめないとな。ミケネたちはゆっくりでいいから、それを運びながら近づいて来てくれ」

「わかった。くれぐれも気を付けるんだぞショート」

「任せておけ」

ショートが先行して飛び出し、あっという間にその姿が小さくなっていった。

俺は残った三人と一緒《いっしょ》に少しずつ様子を窺《うかが》いながら進んでいる。戦う者たちの姿もまだ米粒《こめつぶ》に辛《かろ》うじて手足が生えた程度にしか見えず、全く判別がつかない。

「ハンター側が優勢みたいだ」

「何か、変な奇声《きせい》を上げている人いない？」

「うん、意味不明なこと叫んでいるね。女性かな」

奇声を上げながら戦っているのか、独自の気合の入れ方かもしれない。ハンマー投げの選手も聞き取れないことを叫んで放《ほう》り投げているし。ああやると、力が入るって話だからな。

ゆっくり、ゆっくりと近づいていくと、猛《もう》スピードでこっちに向かってくる影《かげ》があった。目を凝らしてみるとそれは——ショートか。

「おーい、みんな、熊《くま》会長がいたぞ！　話は付けてきた。急いで向かおう！」

「えっ、清流の湖階層にいるハンター協会の？」

「何で下の階層に降りてきたのかしら」

「でも、助かったね。熊会長ならちゃんと話を聞いてくれるし、ハンターの取ってきた宝を奪うことなんてしないよ」

和気あいあいと話す彼らは安堵《あんど》の表情を浮《う》かべているが、俺も同様かそれ以上に安心している。熊会長が来てくれたのか。助かった……ってことはラッミスもいそうだな。

　また泣かれるか怒《おこ》られるかは覚悟《かくご》して、甘んじて受け入れよう。それは心配してくれているという証《あかし》なのだから。

「そうだ。ハンターの中に凄いのがいたぞ。はっこおおおん、とか意味不明な奇声を上げて岩人魔《がんじんま》を素手で打ち砕いていた人間のハンターがいてな」

　やっぱり、ラッミスも同行しているのか。かなり心配させていそうだ。これは、どんな罵倒《ばとう》も説教も大人しく聞き入れるしかない。

「うそだー。人間が岩人魔《がんじんま》を素手で砕けるわけがないよ」

「いやいや、本当だってペル。それも小柄《こがら》な女だったぞ。確かこうも言っていたな、心配ばかりさせて一発ガツンとかまさないと気が済まない、とか、何とか」

　……〈結界〉で防いだら怒られそうだ。頑丈《がんじょう》足りるか……もっと上げておこうかな。

「あれ、この箱、急に重くなってないか。動きにくくなった」

「あ、うん、本当だ、すっごく重いよ」

　気のせいだ。

　会いたい気持ちと会いたくない気持ちが入り混じったまま、俺は戦いを続けている彼らの下へと運ばれて行った。

「えっ、はっこおおおおおん！」

お互《たが》いの姿が確認《かくにん》できる距離まで近づいたタイミングで丁度、ハンターたちの戦闘《せんとう》が終わった。ラッミスの視線が俺たちを捉《とら》えると、地面を陥没《かんぼつ》させながら飛ぶように走る彼女が、こっちに突《つ》っ込《こ》んできている。

踏《ふ》み込んだ足が地面を打ち砕く、全速力の助走はやめなさい！　そこまで勢いを付けられた状態で跳びこまれたらっ!?

ラッミスが数メートル先から両手を広げてこっちに滑空《かっくう》してきた。〈結界〉は……駄目《だめ》だ。泣いて飛び込んできた女性を弾《はじ》くなんて自動販売機ではなく、男として最低だ。

ここで選ぶ選択肢《せんたくし》は……受け止める！

徐々に近づいてくる泣き顔を見つめながら俺は――大丈夫《だいじょうぶ》、頑丈《がんじょう》は50まで上げているから大丈夫。と自分に言い聞かせていた。

大気を揺《ゆ》るがすほどの重低音が辺りを満たし、激突《げきとつ》の際に生じた衝撃波《しょうげきは》で運んでいた暴食の悪魔団が吹《ふ》き飛んでいる。

《10のダメージ。耐久力《たいきゅう》が10減りました》

ぐはああっ。ま、まさか、ここまで頑丈《がんじょう》を上げた俺に10もダメージを通すだとっ！

「ハッコン！　ばかああああっ！　信じてたから、絶対に壊《こわ》れてないって信じてたから！」

《２のダメージ。耐久力が２減りました》

せ、成長したなラッミス。あと、ドンドンと体を叩《たた》くのを止《や》めていただけないでしょうか。

離れてもらうように何か言おうとも思ったが、涙《なみだ》で濡《ぬ》れた顔を押し付けて泣いている姿を見て、これは黙《だま》って受け止めるべきだと判断した。

彼女が満足するまで、その気持ちを受け止めるべきだ。

《３のダメージ。耐久力が３減りました》

こそっと修復しておこう。

何とか落ち着いた彼女からの万力のような抱擁《ほうよう》を乗り越《こ》えると、他《ほか》の面子《メンツ》も歩み寄ってきた。見覚えのある顔ばかりがずらりと並んでいる。

「ったく、心配させやがって。はぁぁぁ、オレも信じてたぞ。絶対無事だってな」

ヒュールミは俺の体に額を当てると軽く拳《こぶし》で叩いてきた。本当に心配してくれていたんだな、声がいつもと違《ちが》い弱々しい。

「ハッコン、また会えたな」

「どっか壊れていないだろうな。ハッコンが壊れたら滅茶苦茶《めちゃくちゃ》困るんだぞ、そこんとこわかってんのか。愛《いと》しの彼女にまで心配させやがって」

門番のゴルスとカリオスも助けに来てくれたのか。今度お礼に門付近に設置してもらえるように、ラッミスに頼《たの》めないかな。

「ハッコン、助かったぜ。お前がもし見つからなかったら……」

「危なかったよね白……」

「そうだな赤……」

愚者《ぐしゃ》の奇行《きこう》団男性陣《じん》が安堵《あんど》の息を吐《は》き出し、肩《かた》を落としている。え、この反応は、どういう意味だろう。

「ハッコンさん、無事で何よりですわ。貴方《あなた》を見捨てたことをラッミスさんに話したところ」

「団長に凄《すご》い剣幕《けんまく》で詰《つ》め寄られて、もし見つけられなかったら、どうなっていたっすかね……」

副団長のフィルミナと射手のシュイの説明を聞いて納得《なっとく》がいった。

俺の足下に座り込んで上目遣《うわめづか》いで睨《にら》んでいる彼女が脅《おど》しをかけていたのか。ゴメンな、心配ばかりかけて。

「ハッコン。しかし、どうやって助かったのだ。階層割れから落ちて無事だった者なんて、聞いたこともない」

熊会長がてっぺんから車輪までじっと見つめながら、疑問を口にしている。

あの高度を落ちたら普通《ふつう》は即死《そくし》間違いなしだ。俺もあの時はスクラップになった未来予想図が頭に浮かんだよ。

「会長、会長、お久しぶりです！」

衝撃波で吹き飛ばされていた暴食の悪魔団の面々がいつの間にか復活して、熊会長を取り囲んでいる。

「おおっ、大食い団が全員揃《そろ》い踏みだな。ハッコンを見つけた上に保護してくれていたのだな、感謝する」

ん？　あれ、暴食の悪魔団は……勝手に名乗っているだけなのか。

「えっ、会長。ハッコンって何ですか？」

「ミケネが知らないのも無理はない。この魔道具《まどうぐ》の箱はハッコンと呼ばれている、清流の湖階層の住人だ」

「住人？」

暴食の悪魔団（自称《じしょう》）こと大食い団の全員が首を傾《かし》げている。

熊会長は自動販売機《じどうはんばいき》である俺を住人として認めてくれているのか。俺は異世界に来てから人との出会いに恵《めぐ》まれ過ぎている。ったく、嬉《うれ》しさのあまり自動販売機から水漏《みずも》れしてないだろうな。

「ああ、住人だ。清流の湖階層の集落に住んでいる」

「え、でも、これって便利な魔道具であって……」

「ああ、そうか。お主らは気づかぬままだったのだな。ハッコンは意思の疎通《そつう》が可能だぞ。なあ、ハッコン」

「いらっしゃいませ」

「だって会長。ほら、いらっしゃいませとしか言ってないし」

「ハッコンは話せる言葉が限られていてな。いらっしゃいませは、はいだ。そして、ざんねんが、いいえだ」

熊会長の説明を聞いても信じられないようで、大食い団は半眼で俺を見つめている。

「ええと、ハッコンだったかな。ボクたち暴食の悪魔団が一番食べたのは、肉の揚《あ》げたやつで間違いない？」

「いらっしゃいませ」

「ええと、それじゃあ、彼の名前はショートだ」

ぽっちゃりしているのはペルだから「ざんねん」だな。

「う、嘘《うそ》だ。じゃあ、ボクたちが何を話していたのか、全部わかっていたの？」

「いらっしゃいませ」

顎《あご》が落ちそうなぐらい大口を開けて、真っ黒な目が飛び出しそうなぐらい見開いている。

まあ、彼らは俺と意思の疎通《そつう》が可能だなんて微塵《みじん》も考えてなかったからな。

大金が転がり込むと思いこんでいた彼らのショックは相当なもので、熊会長が説明を続けているのだが全く耳に入っていない。

あ、うん。あとで運送費として、から揚げただで振舞《ふるま》うから、それで勘弁《かんべん》してくれないかな。

操作と討伐

「ハッコン、話がある。今、構わないか？」

合流してから夕暮れまで時間がなかったので、全員が大通りの端《はし》にまとまり野営の準備をしているところで、熊《くま》会長に声を掛《か》けられた。

あ、そうそう。大食い団なのだが、熊会長が特別に報酬《ほうしゅう》を出すということで納得してくれたようで、腹いっぱいから揚げを食べて幸せそうに寝転《ねころ》んでいる。

「いらっしゃいませ」

俺の両隣《りょうどなり》にはラッミスとヒュールミがいるのだが、二人とも俺から購入《こうにゅう》した商品を食べ終え、じっとこっちを見つめている。

「ああ、二人も聞いて構わぬよ。今回我々の第一目的がハッコン、お主の捜索《そうさく》だ。それは今日達成された」

何かとお世話になりました。あとで好きな商品を何でも持って行ってください。

「このまま戻《もど》っても良いのだが、実は迷路《めいろ》階層に来たのには、もう一つ目的があるのだよ。

これはハンター協会の会長としての責務と、愚者の奇行団からの依頼《いらい》だ」

愚者の奇行団の依頼というのは予想の範疇《はんちゅう》だったが、ハンター協会の会長としての責務とは一体。

「まず、愚者の奇行団からの依頼というのは、迷路階層主である炎巨骨魔《えんきょこつま》の討伐《とうばつ》だ。そして、会長としての責務は階層異変の調査となっている。清流の湖階層でも主である八足鰐《やそくがく》が現れ、この階層でも炎巨骨魔《えんきょこつま》の目撃《もくげき》が報告された」

やはり炎巨骨魔《えんきょこつま》って階層主だったのか。あれ程《ほど》の威圧《いあつ》感と圧倒《あっとう》的な強さを目の当《ま》たりにしたので、納得はできるな。ハンター協会としての異変調査も理解できる。けれど愚者の奇行団があれを倒《たお》そうと考えているとは……。

「ハンター協会としては討伐《とうばつ》までは考えていなかったのだが、主が出現することにより迷宮の均衡《きんこう》が崩《くず》れ、ハンターの死亡数が格段に上昇《じょうしょう》するのは事実。出来ることなら討伐《とうばつ》しておきたいというのも本音ではある」

確かにあれに遭遇《そうぐう》したら、普通は逃《に》げるか死ぬかの二択《たく》だよな。他のハンターたちの身を案じて行動を起こした熊会長の理屈《りくつ》は通っている。上司として立派だとすら思う。だけど、愚者の奇行団のノリだと安全第一で無謀《むぼう》な戦いをするとは思えないのだが。

「愚者の奇行団の目的については当人の口から語ってもらうのが一番だろう」

そう言って熊会長が振《ふ》り返ると、背後に団長と副団長が突《つ》っ立《た》っていた。

ケリオイル団長はいつもの調子で軽く手を上げ、フィルミナ副団長は深々と頭を下げている。

「んじゃ、座らせてもらうぜ」

「失礼します」

熊会長がすっと横に移動すると、俺の正面に二人が座り込んだ。

いつものおどけた態度は鳴りを潜《ひそ》め、いつにもなく真剣《しんけん》な眼差《まなざ》しが俺に注がれている。

「会長から聞いているとは思うが、俺たちは階層主を倒したい。その為《ため》にお前さんの力を貸して欲しい」

と言われてもな。何故《なぜ》、そんな無謀《むぼう》な戦いをするのかがわからないし、そもそも自動販売機に何を期待しているのか。

「と、いきなり言われても困るわな。まあ、あれだ、ほら俺んとこの団って愚者の奇行を名乗っているだろ。あれって、思い付きでも何でもねえんだ。本当に愚《おろ》か者が無謀《むぼう》とも呼べる奇行に走る団なんだぜ」

口元を歪《ゆが》め軽い口調で話しているが、苦笑いが泣き顔に見えたのは気のせいだろうか。

隣《となり》に並ぶフィルミナ副団長は目を伏《ふ》せて何も語らない。

「この団に所属する者は目的がある。それを成し遂《と》げる為には、どんなことをする覚悟《かくご》も完了《かんりょう》済みだ。愚者と馬鹿《ばか》にされようが、奇行だと嘲《あざけ》り笑われようがな。ハッコン知っているか。迷宮の伝説を」

異世界に来て間もない俺が知る訳もなく「ざんねん」と即座《そくざ》に返すしかなかった。

「迷宮……つまりダンジョンってのは世界各地にあってな。その最下層に到達《とうたつ》し、条件を満たした者はどんな願いも、各人に一つだけ叶《かな》えられると言い伝えられている。俺たちはそれを狙《ねら》っているわけだ。その為には階層主を討伐《とうばつ》した際に落とすコインが必要……らしい」

へええ……あ、それって、もしかしなくても所持品にある、八足鰐《やそくがく》のコインのことだよな。これって、かなり価値があるって事か。売ったら幾《いく》らするのだろう。

「噂《うわさ》によるとそのコインの枚数分だけ願いを叶えてくれるそうだ。愚者の奇行団に所属する団員は全員で八。双子《ふたご》は願いが同じで、俺と副団長も同じ願いだ。なので叶えたい願いは六。現在手に入れているコインの枚数は三。まだ足りねえ。それに、最下層にはまだ誰《だれ》も到達していないからな」

俺の体内に隠《かく》し持っているコインを使えば、俺も願い事が叶えられるということなのか。超《ちょう》高性能自動販売機《じどうはんばいき》になる夢……あ、いや、違《ちが》うぞ。最近この体に違和《いわ》感を覚えなくなったから、すっかり忘れていたが、人間に戻るのも可能って事だよな。

「ヒュールミに聞いたんだが、お前さんは人間の魂《たましい》が宿っている状態らしいな。俺たちと行動を共にするなら、人間として蘇《よみがえ》ることも可能だ」

やっぱり、そこを突いてくるよな。その言葉に過剰《かじょう》な反応を示したのは俺ではなく——

――ラッミスとヒュールミだった。

「そ、その話本当なんですかっ!?」

「書物で似たような記載《きさい》を目にした記憶《きおく》はあるが、ハッコンが人として復活か……」

ラッミスに襟首《えりくび》を摑《つか》まれて、前後に激しく振られている団長の頭の残像が見えるな。フィルミナさん見てないで止めて止めて。頭がもげる。

「あたりがでたらもういっぽん」

大きめの音量で放つとラッミスの動きが止まった。団長はぐったりしているが、生きているようなのでいいか。

何でも叶えるというのが眉唾《まゆつば》物だが、異世界ならあり得るのかもしれない。藁《わら》にも縋《すが》る想《おも》いを抱《いだ》いている人なら……この誘惑《ゆうわく》は魅力《みりょく》的に映るだろうな。

「た、助かったぜ、ハッコン。まあ、落ち着け。どっちにしろ、最下層に到達しなけりゃ何の意味も持たない。今は実力を付ける為に各階層を回り、主の出現情報を得たらこうやって倒しに向かっているってわけだ。ところで、ハッコン。一つ聞いておきたいことがある。お前さん、八足鰐《やそくがく》を倒した際にコインを見なかったか?」

ここで嘘を吐《つ》くのもありだが、貴重な情報を提供してくれたケリオイル団長には正直に答えておきたい。

「いらっしゃいませ」

「見たんだな。そのコインが何処《どこ》にあるか知っているのか？」

「いらっしゃいませ」

目つきが鋭《するど》くなり瞳《ひとみ》に光が宿った気がする。

彼らの目的が判明したことにより、以前よりかは信用できそうだ。俺に利用価値があるうちは裏切るような真似《まね》はしてこないだろう。

「もしかして……そのコイン所持しているのか？」

「いらっしゃいませ」

「そうか、なら都合がいい。ハッコンとラッミス、俺たち愚者《ぐしゃ》の奇行《きこう》団に加入……いや、常に行動を共にしろとは言わねえ。だけど、遠征《えんせい》や力を借りたいときは協力して欲しい」

俺としては受けてもいいと思っているが問題はラッミスだ。あれからずっと黙《だま》っていたラッミスだったが視線が集まると、すっと立ち上がって俺の体に手を添《そ》えた。

そして優《やさ》しく微笑《ほほえ》むと、

「うん、協力するよ！　私も強くなりたいし、ハッコンとお話ししたり、手料理も食べて欲しいからね！」

「しゃあねえ、オレも協力するぜ。ラッミスだけだとコロッと騙《だま》されやがるからな」

「感謝する。もち、ヒュールミも歓迎《かんげい》するぜ。でだ、ハッコン。お前さんは手を貸してくれるのか？」

ここまでお膳立《ぜんだ》てされたら、答えはたった一つだろう。

「いらっしゃいませ」

「そうか！　ハッコンがいれば食料問題が一気に片付くぜ。ありがとよ！」

「ハッコンさん、ありがとうございます。これでもう、食料不足で魔物《まもの》の骨をしゃぶるような真似をしなくて済むのですね……」

わざとらしく目元を拭《ぬぐ》っている副団長の背後で、いつの間にかやってきていた紅白双子が歓喜《かんき》のあまり拳《こぶし》を振り上げている。その隣ではシュイが満面の笑《え》みを浮《う》かべ舌なめずりをしているな。どうやら思っていた以上に歓迎されているようだ。

「それとだ、今回ハッコンにしてもらいたいのは食料面だけじゃねえんだ。といっても、危険な現場を任せたいんじゃねえ。お前さんにしかできない、炎巨骨魔攻略《えんきよこつまこうりやく》の手伝いをな」

含《ふく》みのある物言いだが、何か考えがあるようだ。明日《あした》になってから説明するということなので、今日は追及《ついきゆう》せずに全員が床《とこ》に就《つ》いた。

ラッミスとヒュールミが俺にもたれかかって寝《ね》ている。はぁぁ、これが人間の体であったら、どぎまぎしたり軽く興奮したりするのかな。こういう場合は鉄の体で良かったと思うべきなのか、残念だと感じるべきなのか結構微妙《びみよう》だ。

触感《しよつかん》があれば女性の柔《やわ》らかさを感じられたのか。まあ、信頼《しんらい》しきっている二人に対して邪《よこしま》な思いは控《ひか》えないとな。

しかし、団長はアレを討伐《とうばつ》する気、満々のようだが。どうやるつもりなのだろうか。それも俺の力を借りてと言っていた。

一番妥当《だとう》な策は水だよな。でも、ペットボトルの水をぶっかけたぐらいで、どうにかなるレベルじゃないと思う。何か策があるのか……不謹慎《ふきんしん》かもしれないが少し楽しみだな。

役に立つかどうかはわからないが、俺も対策を考えておくか。

見張りに立っている紅白双子や交代した門番の二人に商品を売りながら、一晩中、討伐《とうばつ》方法を模索《もさく》していた。


「皆《みな》、準備はできただろうか。では、あの場所へ移動する。手元の地図を見てくれ」

大食い団の食欲に触発されたシュイが馬鹿食いを始めたという、予想通りの展開は兎《と》も角、平穏《へいおん》無事な朝を迎《むか》えて一息ついているところで熊会長が声を発した。

手にした地図を広げているが、何と言うか形が歪《いびつ》で精度が低い。上から撮影《さつえい》した俺の映像と見比べると正確な地図だとはお世辞にも言えない。

防犯カメラの映像を共有できればいいのだが。新しい機能に何かないかな。ええと、これどうだろう。ポイントは……結構消費するが、大食い団から荒稼《あらかせ》ぎした銀貨も溜《た》まっているし、大丈夫《だいじょうぶ》か。俺は機能欄《らん》の〈液晶《えきしょう》パネル〉を選んだ。彼らが真剣に地図を見ながら話し合いをしている間に、その機能を試《ため》していく。

この液晶パネルは前面に貼《は》り付けて、商品を実際に並べるのではなくパネルに表示して、タッチパネル方式で購入《こうにゅう》させることも可能なのか。ふむふむ、他には俺が今まで防犯カメラで録画してきた映像を見せることはできないか？

やるだけやってみるか。まず、カメラの映像をいつものように再生して自分だけ見る。そして、それを体の表面に投影するように強く意識する。

映れー映れー映れー、はあああああっ！

「あああっ、何で俺と彼女の姿がここに⁉　な、なんだ、幻覚《げんかく》かっ⁉」

余所《よそ》見をしていた門番のカリオスがこっちを見ていたようで、液晶パネルの映像を見つめ硬直《こうちょく》している。

『お前を残して行くのは辛《つら》く、身が張り裂《さ》けそうだ……だけど、これも仕事だ。すまないっ』

『ええ、私も貴方《あなた》と離《はな》れたくありません。ですが、貴方の仕事の邪魔《じゃま》をしたくはありません。涙《なみだ》を呑《の》んで』

「やめろおおおぉ！」

ちなみに放映中の映像は二人のイチャイチャっぷりを録画した物だ。

客観的に見ると恥《は》ずかしいのか。カリオスが蹲《うずくま》って頭を抱《かか》えている。流石《さすが》に可哀想《かわいそう》に思えたので、映像を切り替《か》えた。

「これは……迷路《めいろ》階層かっ！　ハッコン、これはいったい⁉」

「遥《はる》か上空から見たような感じだが。もしかして……ハッコンが実際に見たものを、映し出すことが可能ってことなのか。階層割れで落ちていく最中のことだと考えると納得《なっとく》がいくが」

直《す》ぐにそれを理解できるヒュールミがいると話が早くて助かる。

「いらっしゃいませ」

「う、うちもわかっていたもんね」

ラッミス、対抗《たいこう》意識を燃やさなくていいから。腕《うで》を組んで言い放つ彼女の姿が可愛《かわい》らしくて和《なご》んでしまったが、今はそんな場合じゃない。

迷宮の全貌《ぜんぼう》が見えている状態で一時停止をして、パネルに表示しておく。

「まさか迷宮の全貌《ぜんぼう》が明らかになるとは……ハッコン、大手柄《てがら》だ。ハンター協会として後で報酬《ほうしゅう》を追加しよう」

「フィルミナ頼《たの》む」

「わかっています」

熊会長が何度も頷《うなず》き感心してくれている。副団長のフィルミナが紙を持ち出して、そこに映像を絵として描《えが》きだしているようだ。

これで迷路階層の攻略が少しは楽になるといいんだが。

秘策

「では、階層主である炎巨骨魔《えんきよこつま》の討伐《とうばつ》方法なのだが、一つ策がある」

居心地《いごこち》のいいラッミスの背に揺《ゆ》られながら、熊《くま》会長の説明に耳を傾《かたむ》けている。

「この先の大通りに大掛《おおが》かりな罠《わな》があり、この罠の存在を知らないハンターも多いのだが、特殊《とくしゅ》な条件でのみ発動する特異な罠になっている」

「確か、重さだったよな」

先頭にいたケリオイル団長がわざわざ歩く速度を落として、話に割り込んできた。暇《ひま》なのだろうか。

「そうだ。一定の重さを超《こ》えると罠が発動して……大穴が開く。つまりは落とし穴だ。そこに炎巨骨魔《えんきよこつま》を落とすという算段になっている」

あれを落とすなんてかなりの大穴だよな。そんなのがあったら、誰《だれ》でも気づきそうなものだけど。

「この罠の厭《いや》らしいところは、大人数のごり押しで階層を走破させないようにしているところだ。大通りは迷路階層攻略の起点となっている。誰もが通らなければならないところに、ある一定数以上が乗ると真っ逆さまというわけだ」

「だから、今回の面子《メンツ》は数ではなく質を揃《そろ》えているだろ」

ああ、なるほど。そういった理由で、門番である二人も参加してくれているのか。カリオスとゴルスは衛兵の中でも腕利《うでき》きだからな。

「清流の湖階層はハンターが増えている状況《じょうきょう》で尚且《なおか》つ、階層主も討伐《とうばつ》し終えている。カリオスとゴルスが抜《ぬ》けてても問題は無い」

「うちに勧誘《かんゆう》したいぐらいの人材だが……冗談《じょうだん》だって、会長」

熊会長に軽く睨《にら》まれ、ケリオイル団長が肩《かた》を竦《すく》めている。

守りの要《かなめ》と言っても過言ではない二人らしいから、清流の湖階層を仕切っている熊会長としては引き抜かれては困るようだ。

正直その心配は杞憂《きゆう》だと思う。少なくともカリオスはあの階層から離れることはないだろう。ちらりと件《くだん》の人物であるカリオスに目をやる。

「この一件を終わらせたら、彼女がおかえりパーティーをしてくれるんだぜ。いやー、愛されるってのも辛いもんだな！」

満面の笑みで何言ってんだろう。スキンヘッドの厳《いか》つい顔が溶《と》け切っているぞ。彼女が清流の湖に居続ける限り、カリオスは門番であり続ける。今回は例外中の例外だと思う、感謝しないとな。

そんなカリオスの隣《となり》でゴルスが額に手を当ててため息をついている。いつもお疲《つか》れ様です。

「落とし穴の場所はそろそろか。みんな左側の壁際《かべぎわ》に寄ってくれ。背中が密着するぐらいに」

全員が大人しく従い壁に背を預け一列に並んでいる。熊会長だけが壁際を進んでいき、壁に手を突《つ》いて何やらごそごそやっている。暫《しばら》くすると、大きく一度頷きこっちを確認《かくにん》した。

すると、地響《じひび》きがしたかと思うと地面に一本真っ直ぐな亀裂《きれつ》が走り、真っ二つに割れた。俺たちのいる壁際だけを残して、一帯の地面が見事なまでに消失している。

突如《とつじょ》現れた巨大《きょだい》な真四角の穴は、目測だと二十五メートルプールがすっぽり入るぐらいの大きさのようだ。穴は深く底が見えない。覗《のぞ》き込んで見えるのは深淵《しんえん》の黒のみ。

「縁《ふち》にすり鉢《ばち》状に傾斜《けいしゃ》が付いている、皆気をつけるように。穴の位置をしっかりと覚えておいて欲しい。今はあえて罠を起動させているが、通常時ならば我ら全員が乗らない限り、落とし穴が開くことは無い……ハッコンは怪《あや》しいが」

重いからね。でも、熊会長も相当なものだと思う。

再び何かを操作すると地面の蓋《ふた》がゆっくりと閉まっていった。

「一応、今開いた地面には触《ふ》れずに進んでくれ。その先で改めて作戦の概要《がいよう》を説明させてもらおう」

穴の深さを知った大食い団の面々がおっかなびっくりといった感じで、地面を凝視《ぎようし》しながら進む姿が、また可愛らしい。威嚇《いかく》してない時は癒《いや》しキャラだな。

穴から少し離れた場所で円になって座り込むと、今度はケリオイル団長が説明を担当するようだ。

「さーて、ハッコンとも合流できたから、詳《くわ》しい説明をしておくぞ。さっきの穴は深さが炎巨骨魔《えんきよこつま》の二倍以上ある。あの穴の上に奴《やつ》を誘導《ゆうどう》して落とす予定だが、上《う》手《ま》く落とせたとしてもそれで破壊《はかい》できるかは怪しい。穴の上から攻撃《こうげき》を加えたところで、体に纏《まと》う業火《ごうか》が全てを溶かしてしまうからな。そこで、副団長の水系の魔法《まほう》とハッコンに水を提供してもらい、あの穴を水で満たそうと考えている」

なるほど。だから俺を必要としていたのか。

炎を消しさえすれば炎飛頭魔《えんひとうま》みたいに骨が剝《む》き出しになり、ダメージが与《あた》えられるという寸法か。あれが浸《つ》かるぐらいの水なら確かに火を消すことは可能かもしれないが、あの穴を水で満たすにはどれだけの時間が必要なのか。

ペットボトルの水程度では何日かかるかわかったものじゃない。

学校のプールでも水を一杯《いっぱい》にするには半日かかると聞いたことがある。この大穴は深さで考えるなら数十倍ある。普通《ふつう》にやったら気が遠くなる作業だ。

「無理を承知で訊《たず》ねるが……ハッコン、水を大量に売るもしくは排出《はいしゅつ》する何かを持っていたりしないか？」

全員の視線が俺に集中している。そんな期待された目で見られても困るんだが。水の自《じ》動販売機《どうはんばいき》となるとミネラルウォーターだけを販売するのがあったな。機能の欄にも確かにある。だけど、その程度の放水量じゃ、アレを満たすのにはどれだけの時間を有するか。

水、水か……現在、取得している機能と合わせて何か攻略の糸口が見えてこないかな。

そういや少し前に手に入れた〈氷の自動販売機〉で氷を流し込めば、水を入れるよりも早く満たせるかもしれない。

あと、機能の欄にコイン式掃除機《そうじき》が増えて覚えたばかりだが、今は関係ないか。セルフの洗車場でお世話になったことが……ん？　セルフ洗車場か。ということは、あれが選べるようになっているよな。

よっし、最近ポイントを消費しすぎな気もするが自動販売機はお客の役に立ってこそ。この機能を追加しよう。

それを選択《せんたく》することにより、俺の体が変化していく。自動販売機よりも横は倍以上に大きく変貌《へんぼう》して、幾《いく》つかのボタンが現れる。側面には黒く硬《かた》いホースが備え付けられて、その先に灯油計量器と似たレバーの付いたノズルが現れる。

「これは、また見たこともない形だが。ハッコン、これがお前の答えなんだよな」

「いらっしゃいませ」

ケリオイル団長の問いに即答《そくとう》する。普通ならこの使い道に気づいてくれるかは怪しいのだが、今回はここにラッミスとヒュールミがいてくれている。彼女たちなら何とかしてくれるのではないかという、信頼《しんらい》があった。

「ちょっと失礼するぞ。出っ張りが幾つかあるのは、商品を買う時と同じくこれを押すと、何らかの反応があるということか」

「ヒュールミ、何か綺麗《きれい》な絵が描いてあるよ。これって使い方じゃないのかな」

一歩前に進みでて考察していたヒュールミに、俺の側面を指差したラッミスが指摘《してき》をしている。

そう、このタイプは幾つかのコースがあり、値段とその使い方と手順が写真で記載《きさい》されているのだ。これを見れば理解力の高いヒュールミならわかってくれるだろう。

「へぇー何々。女性がこれを握《にぎ》ると水が噴出《ふんしゅつ》するのかっ！　ハッコンやってみても構わねえかっ！」

目を爛々《らんらん》と輝《かがや》かせて迫《せま》るヒュールミを断る理由は無いよな。

「いらっしゃいませ　こうかをとうにゅうしてください」

最近無料奉仕《ほうし》が多かったので、一応金銭のアピールをしておく。これって最終的に払《はら》うのは愚者《ぐしゃ》の奇行《きこう》団になるだろうから問題ないだろう。

「おっ、なら俺が払うぜ。副団長頼んだ」

「そこで自分の財布から出す気概《きがい》がないのが団長らしいです」

フィルミナ副団長が財布から金貨を一枚投入してくれた。全身に力が漲《みなぎ》り、準備が整ったことが伝わってくる。

「よっし、準備万端《ばんたん》だな。このスイッチを押して、人のいない方向に向けてレバーを引く！」

ノズルの先端から勢いよく飛び出した水が、壁に命中し飛沫《しぶき》を撒《ま》き散らしていく。思ったよりも威力《いりょく》があったようで、ヒュールミが勢いに押されて一歩後退《あとずさ》っていた。

「これはスゲエな。炎飛頭魔《えんひとうま》ぐらいなら余裕《よゆう》で消火できるぞ」

楽しくなってきたようで壁の上から横に水を掛《か》けていき、汚《よご》れの洗浄《せんじょう》を始めている。

それを眺《なが》めていたラッミスや大食い団のペルとスコ。愚者の奇行団のシュイ、双子《ふたご》が羨《うらや》ましそうにヒュールミを取り囲んでいる。おもちゃを目の前にした子供のような純粋《じゅんすい》無垢《むく》な瞳《ひとみ》だ。

「後で、順番な」

子供に言い聞かすようにヒュールミが言うと「はーい」と声を揃えて待ち構えている。

この高圧洗浄機で車を洗うのは実際かなり楽しい。以前は車ごと機械で洗浄してもらって

いたのだが、自分で洗う楽しみを知ってからはセルフ洗浄ばかり選んでいたな。

「これ程《ほど》の水量なら、水で満たすのも荒唐無稽《こうとうむけい》な話ではなくなってきたか。助かるぜ、ハッコン！」

ケリオイル団長に認められて悪い気はしないが、この水量でも数日……いや、一週間以上かかってもおかしくない。それまでずっと放水を続けるとしても、そんなに上手く事が運ぶのか。

そして、これが本当に決め手になるのか。疑問と不安は尽《つ》きないが、これが最良の策ならばやるしかない。俺も全力を出させてもらうよ。

あっ、いや、ちょっと待ってくれ。フォルムチェンジは一日二時間までだった……どうしよう。


あれから二日が過ぎた。

誰か一人が念の為《ため》に命綱《いのちづな》をつけた状態で罠を発動させる装置をいじって大穴を開けると、俺がひたすらに水を注ぎ続ける日々を過ごしている。

と言っても、結局、不意のアクシデントに備えて一日一時間だけ高圧洗浄機になって、あとは二リットルのミネラルウォーターを続けざまに落としている。

初めは蓋を開けてもらい中身を傾斜のある部分に注いでいたのだが、俺が一度ペットボトルだけを消して、中身の水が零《こぼ》れたのを見てすぐさま彼女たちが理解してくれた。今はペットボトルごと穴に放《ほう》り込んでいる。

途中《とちゅう》、豊豚魔《ほうとんま》や動く骸骨《がいこつ》も何度か出現したのだが、腕利きが集まっているこのメンバーに挑《いど》むことすら無謀《むぼう》で、あっという間に退けられた。

炎飛頭魔《えんひとうま》が現れるとラッミスが俺を担《かつ》ぎ、事前に決めていた放水担当の者が意気揚々《いきようよう》と近づいてきて、嬉《うれ》しそうに水をぶっかけていた。

これだけの水量があるとあっという間に火が消えるので、それが楽しいらしく担当の時に炎飛頭魔《えんひとうま》が現れると、羨《うらや》ましがられるようになっている。

「どれぐらい水が溜《た》まっているか見てくるよ。命綱ちゃんと握っていて」

体の軽いミケネが腹に命綱を巻き付け、仲間たちによってゆっくりと穴の底へ降りて行く。感覚としては結構溜まっていそうなのだが実際はどうなのだろう。

暫《しばら》くして、ラッミスに一本釣《つ》りされたミケネが帰還《きかん》し、熊《くま》会長たちに情報を伝えている。

「穴の中って真冬みたいにすっごく寒いんだけど、水はけのいい地面みたいで水が沁《し》みこんでいたから、全然溜まってなかった」

「うぬぅ、そうか」

「いい作戦だと思ったんだがな……落とし穴に落とすってのは有効な筈《はず》だが練り直しか」

熊会長とケリオイル団長が顔を突き合わせて唸《うな》っている。

水はけがいいのか。ってことは、試《ため》してみるのもありかもしれない。

「お、ハッコン急に変わってどうした。これって、ああ、そういうことか。寒いなら水じゃなく氷を落とせばいいってことか」

そういうこと。一日一時間ちょいだけど、やらないよりましだろう。それに、素早《すばや》さが上がっているから、氷を落とす速度も前とは比べ物にならないしな。

火消し

Reborn as a Vending Machine, I Now Wander the Dungeon.

それからは毎日深夜になると俺がフォルムチェンジをして、自力で大量に落としていく。素早さが上がっているので、怒涛《どとう》の勢いで流れ落ちて行くな。

穴の中はかなり冷えているようで全く溶《と》けていないと、またも確認の為に穴に吊《つ》るされたミケネが言っていたな。

取り出し口に、木製の滑《すべ》り台《だい》のような物をヒュールミが設置してくれたので、滞《とどこお》りなく穴へ落とせるようになった。

深夜にやるのは一日二時間縛《しば》りがあるので、その日の最後二時間にやれば、日を越《こ》えて直ぐにフォルムチェンジの制限時間が回復するからだ。

なので、深夜の仕事は基本一人作業となる。ラッミスたちが一緒《いっしょ》に起きておくと言っていたが、丁重にお断りしておいた。それなら普通に見張りしてもらった方がいいからな。

炎巨骨魔《えんきよこつま》が炎飛頭魔《えんひとうま》と同じ性質なら、火さえ消せば攻撃が通る。でも、水や氷程度なら一瞬《いっしゅん》にして蒸発させそうな気がしてならない。

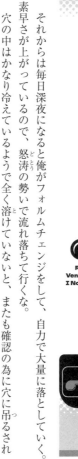

「ハッコン、何か考え事しているの？」

日をまたぎ元の自動販売機に戻《もど》ると、ひょこっとラッミスが後ろから顔を出した。

しかし、何で俺が悩《なや》んでいることがわかるのだろうか。いつもと変わらない自動販売機の筈なんだが。

「気づいてないと思うけど、考え事している時って、灯《あか》りが点滅《てんめつ》したり弱くなったりしているよ」

そうなのか。全く気付いてなかった。よく観察しているなラッミスは。

「ハッコン、一つ聞いていい？」

珍《めずら》しく笑顔《えがお》が消え、真剣《しんけん》な眼差《まなざ》しが俺に注がれている。ここは茶化したり惚《とぼ》けたりしていい場面じゃなさそうだ。

「いらっしゃいませ」

「ハッコンは人間に戻りたいの？」

難しい質問だな。普通なら自動販売機じゃなくて人間に戻りたいと思うだろう。これは自動販売機マニアだとしても普通は……。

当初は俺も人に戻ることを願っていた。人に戻ってラッミスと言葉を交《か》わしたいという望みは今もある。でも、気づいてしまったんだ。人に戻り自動販売機でなくなった俺に——価値はあるのかと。

今はラッミスや皆《みな》の役に立っている自覚がある。だけど、人に戻るということは、これといって取り柄《え》のない平凡《へいぼん》な自分に戻るということだ。

その事を考えると怖《こわ》いんだ。人間に戻ったら初めは喜んでくれるだろう。だけど、役立たずであることが知れ渡《わた》り、皆が自動販売機《じどうはんばいき》だった頃《ころ》の方が良かった……と口々に言う未来が脳裏《のうり》にちらつく。

それに〈念話〉を覚えたとしても、彼女と会話した際に幻滅《げんめつ》されないだろうかと不安が先に来てしまう。人間時代、口が達者な方ではなかった俺が、彼女たちを満足させるだけの会話が出来るのか。話してみたら面白《おもしろ》くない男だと幻滅されないだろうか。

だからあの時、無意識の内に〈念話〉を取るのを避《さ》けていたのかもしれない。今のままでも最低限のコミュニケーションが取れているのだから、それで充分《じゅうぶん》だと強引《ごういん》に理由を付けて、彼女たちと話せるチャンスを自ら手放した。

情けないよな。人間よりも自動販売機である今の方が、存在に自信が持てるなんて。

「あたりがでたらもういっぽん」

「よくわからないってこと？　うちは、いつかハッコンとお話しして一緒に色んなことしたいな。あ、前も言ったけど、手料理《だ》も食べて欲しい！」

腕《うで》があれば屈託《くったく》なく笑う彼女を抱きしめることもできる。足があれば、彼女に背負われるのではなく、共に肩《かた》を並べて歩ける。

それだけでも充分だよな。彼女がそれを望むのであれば、俺はそれを目標にして生きることにしよう。その結果、どういう結末になったとしても。

更《さら》に数日が過ぎた。穴の中にも結構溜まってきたので作戦を実行に移すそうだ。作戦の概要《がいよう》は、まず炎飛頭魔《えんひとうま》を見つけ出し、この落とし穴に誘導《ゆうどう》する。そして落とし穴の蓋《ふた》は塞《ふさ》いだ状態で炎巨骨魔《えんきよこつま》を呼び出す。そして穴の上に乗ったところで罠《わな》を発動させて穴に落とし、火が消えたところに上から攻撃《こうげき》を加えるという寸法だ。

その為に荷台いっぱいに岩を積んできていた。ここでの主戦力はラッミスになる。

ただ、岩がさほど大きくないのが気になる。ラッミスならもっと巨大《きよだい》な岩でも持ち上げられるのだが、荷猪車《にちよしや》がその重量に耐《た》えられず、手頃《てごろ》な大きさの岩がなかったそうだ。

やってみないことには何とも言えないところがきついな。穴にハメさえすれば相手が登ってこられない間は危険性が薄《うす》れる。それだけでも、攻《せ》め手側が有利だとは思うが。

「団長。赤が炎飛頭魔《えんひとうま》と接触《せつしよく》したみたいです」

「よっし、そのままこっちに誘導させてくれ」

耳に手を当てて白がケリオイル団長に説明をしている。確か、紅白双子は特殊《とくしゆ》な加護を覚えていて、どれだけ距離《きより》が開いていても二人限定で声をお互《たが》いに届けることが可能らしい。

二人限定とはいえ便利な能力だよな。そりゃ、団長も重宝するわけだ。

「聞いての通りだ。俺たちは穴から離《はな》れたここで待ち受ける。ミケネはこのフード付きマントを被《かぶ》って定位置に頼《たの》む」

「わかったよ」

壁《かべ》と同色のマントにすっぽり覆《おお》われたミケネが落とし穴の発動装置前に陣取《じんど》る。背中を向けると壁と同化しているように見えて、注意深く見なければ気づかれないかもしれないな。

俺たちは穴の向こう側に陣取り待ち構えておく。あとは階層主を呼ぶまで時間を稼《かせ》ぎ、作戦を実行する。

「ハッコン、正直な話。お前はどう見ている。この作戦成功すると思うか」

ヒュールミが俺に口を近づけそう呟《つぶや》く。

こういうのは時の運だとは思うが、上手《うま》くいくかどうかと言うより上手くいって欲しいというのが本音だ。

「いらっしゃいませ」

「そうか。オレだって成功して欲しいと思ってんだぜ。でもよ、炎巨骨魔《えんきよこつま》の炎《ほのお》ってのは噂《うわさ》では水を一瞬にして蒸発させるほどの火力だって話だ。穴を満たした氷程度でどうにかなるのか……」

ああ、なるほど。ヒュールミが危惧《きぐ》しているのはそこか。その心配を取り除いてやりたいのだが、それを伝える術《すべ》を持たない。

「そろそろ、赤が来ます！」

「穴の上で待ち構えるのは、俺たち愚者《ぐしゃ》の奇行《きこう》団が受け持つ。命綱《いのちづな》離さないでくれよ！」

「まっかせて、団長さん！」

「安心するがいい」

彼らの腰《こし》に巻き付けてある命綱の末端《まったん》はラッミスと熊会長が握《にぎ》っている。あと団長の命綱は俺の体に巻きつけてあるな。フォルムチェンジしたらどうなるのだろうか……興味はあるけど自重しよう。

脇道《わきみち》から飛び出してきた赤の背後から、三体もの炎飛頭魔《えんひとうま》が浮遊《ふゆう》して追いかけている。こんなに釣ってきたのか。

「ある程度苦戦しているように見せかけて二体までは倒《たお》していい。一体は残しておけよ」

「了解《りょうかい》です！」

愚者の奇行団が意気揚々《いきようよう》と飛び出していく。彼らの実力なら炎飛頭魔《えんひとうま》に後《おく》れを取ることは無いので、安心して見ていられる。

実際、余裕《よゆう》を持って対応しているので、あとは待ち人ならぬ待ち主が現れるのを待つだけだ。残り一体となり、それもじわじわと削《けず》られていく最中、地面から微《かす》かな振動《しんどう》を感じ取った。

　本命の御到着《ごとうちゃく》のようだ。脇道に繋《つな》がる箇所《かしょ》の大気が揺《ゆ》らいで見える。高熱による現象だろう。

「おっし、わかっているな！」

「はい！」

　残されていた炎飛頭魔《えんひとうま》をあっさり倒し、愚者の奇行団が落とし穴の中心部に陣取っている。全員の視線が集まる場所には紅蓮《ぐれん》の炎に包まれた巨大な骸骨《がいこつ》の手があった。そして、にゅっと炎を纏《まと》う頭蓋骨《ずがいこつ》が壁の頂点近くから抜《ぬ》け出てきた。

「この距離で既《すで》に熱いのか」

　ヒュールミが額の汗《あせ》を拭《ぬぐ》い、じっと炎巨骨魔《えんきょこつま》を睨《にら》みつけている。全員の表情が硬《かた》い。無理もないか、巨大な骸骨《がいこつ》だけでも異様なのに、壁が溶ける程《ほど》の炎に包まれているのだから。

「もう少し下がるといい」

　熊《くま》会長がラッミスとヒュールミを少し下がらせる。

　愚者の奇行団も相手に怖気《おじけ》づいているかのように後退《あとずさ》りを始めているが、チラチラと足下を窺《うかが》う余裕があるようだ。

　一歩踏《ふ》み出すごとに、前回と同じく地面が骸骨《がいこつ》の足の形に溶解《ようかい》して陥没《かんぼつ》する。鈍重《どんじゅう》な動きでゆっくりと歩いていた炎巨骨魔《えんきょこつま》だったが、歩行速度は徐々《じょじょ》に上がり、今はもう駆《か》け足になっている。

地面を溶かしながら地響《じひび》きと共に迫《せま》りくる炎巨骨魔《えんきょこつま》の迫力《はくりょく》が尋常《じんじょう》ではなく、客観的に見て絶望感が半端《はんぱ》ない。

「捕《つか》まるなよ！　一気に駆け抜けろ！」

正に死《し》に物狂《ものぐる》いで走る愚者の奇行団の背後から迫る炎の骸骨《がいこつ》。手を振《ふ》り回しているが、辛《かろ》うじて届いてはないようだが、熱風で煽《あお》られた彼らの髪《かみ》が激しく揺れている。

「あっつう！　熱ぃ、熱ぃ！」

「団長、泣き言は後にしてください」

「副団長だけ水で覆ってずるいっす！」

「部下を労《いた》わる心は無いのかあぁぁ」

「こっちにも水をおねしゃす！」

彼らの叫《さけ》び声を聞いて副団長に目をやると、確かに水で全身をコーティングしている。どうりで、一人だけ涼《すず》しい顔をしているわけだ。

何だかんだ言って軽口を叩《たた》くぐらいの余裕があるよな。

彼らが落とし穴部分を抜け、続いて炎巨骨魔《えんきょこつま》が差し掛《か》かったところで、

「今だ、ミケネ！」

「はい！」

熊会長が吠《ほ》えるように叫ぶと、壁に擬態《ぎたい》していたミケネが罠を起動させた。

足下の地面が消え、炎巨骨魔《えんきよこつま》が手を伸《の》ばした状態で視界から消えて行く。

「みんな、水蒸気が噴《ふ》き出してくる！　穴にはまだ近づくな！」

ヒュールミが大声で叫ぶと、確認《かくにん》の為《ため》に中を覗《のぞ》き込もうとしていた彼らの足が止まった。

だが、いつまで経《た》っても水蒸気は噴き出してこず、全員の視線がヒュールミに集まっている。

「あ、あれ？　水が蒸発する筈《はず》なんだが……どういうことだ」

納得《なっとく》がいかないようで腕を組んだまま、ヒュールミが唸《うな》っている。

壁際《かべぎわ》にいたミケネが好奇心《こうきしん》には勝てなかったようで、恐《おそ》る恐る中を覗き込んだ。

「みんなー、骸骨《がいこつ》の火消えているよ！」

「よくわからんが、消えているならそれでいい！　投擲《とうてき》開始だ！」

ケリオイル団長の号令の下、全員が巨大な石を投げ込んでいる。

炎が消えた理由を知っているのは、この場で俺だけだろう。あの落とし穴の中に放り込んでいたのは氷ではなく実は――ドライアイスだった。

ドライアイスというのは二酸化炭素を固めた物体なので、炎巨骨魔《えんきよこつま》が落ちてきた際にドライアイスが溶《と》けて、穴は二酸化炭素で満たされた。

ここからは小学生の理科の内容なのだが、火は酸素がなければ燃えず二酸化炭素は酸素より重いので下に溜《た》まる。つまり、やつの炎が消えるということだ。

これ上手くいったから良かったものの、失敗していたら目も当てられなかったな。独断でやっていた事だから、正直ほっとしている。

さてこのまま、何もなく退治できたらいいのだが。次々と石を落としている彼らを見つめながら、そんなことを願っていた。

とどめの一撃

Reborn as a Vending Machine, I Now Wander the Dungeon.

「ミケネ、様子はどうだ」

穴の中を覗き込んでいるミケネにケリオイル団長が問いかけている。

「ある程度、痛手は与《あた》えているみたいだけど、もう一押し足りない感じがするよ」

あの程度の石では決め手にかけるのか。もっと重く硬い物があればやれるかもしれない……ん？　何故《なぜ》、皆様《みなさま》はわたくしを見つめていらっしゃるのかな。

「ハッコンならいけるんじゃねえか？」

「いや、でも、失敗したらハッコンさん壊《こわ》れますよ」

「階層割れから落ちてもいけたんだから、大丈夫《だいじょうぶ》じゃねえか」

団長さんと副団長さん。当人を目の前にして物騒《ぶっそう》な話し合いはやめてもらえませんかね。

でも、正直な話、俺が巨大な自動販売機《じどうはんばいき》に変化して、落ちるのが一番有効なのは確かっぽいな。

「ダメだよ！　ハッコンに危険なことはさせられない！」

「確実性がないからな。オレも反対させてもらう」

ラッミスとヒュールミが俺を庇《かば》うように前に並んだ。二人の気持ちは嬉《うれ》しいが、他《ほか》に決定打が無いなら、この策も一考の余地はあるとおもう。

頑丈《がんじょう》のポイントは結構上がっているので、落ちても大丈夫な気もする。耐久力《たいきゅう》が0にならない限りはポイントで修復できるので、やれると思うのだが。でも、失敗したらそこで終わりなんだよな。

「そうだな、ハッコンはこれまで充分《じゅうぶん》に役立ってくれた。これ以上負担させるのは酷《こく》ってもんだ。俺たちもいいところ見せておかないといかんしな」

「飛び込んで一気にやりますか？」

「そうだな、邪魔《じゃま》な炎さえなければやれるか……」

えっ、いやいやいや、それは駄目《だめ》だ！　下は二酸化炭素が充満している。彼らが下りたら呼吸困難というか二酸化炭素中毒で死ぬぞ。

これは予想外だった。どうにかして、彼らが下りることだけは避《さ》けないと。

「いらっしゃいませ　いらっしゃいませ　いらっしゃいませ」

「おっ、ハッコンも賛成なのか」

ちっが――う！

「ざんねん　ざんねん　ざんねん」

「違《ちが》うのか。だが、もたもたしていると――」

「骨が穴を登ろうとしている！」

穴で大人しくしている理由なんてないもんな。そりゃ登ろうとしてくるか。益々《ますます》、時間が無い。だからといって、人を穴に下ろすわけにもいかない。

「この好機を逃《のが》すわけにはいかねえぞ。お前ら、準備はイイか！」

「命綱離《はな》さないでくださいね！」

「マジで頼《たの》んます！」

「マジでネタふりじゃないから！」

こういう時の思い切りの良さは尊敬《そんけい》に値《あたい》するが、今はそれが悪い方向に作用している。ダメだ、このままでは……何か手は、何か彼らを止める術《すべ》は！

俺の今いる位置は穴から少し離れた場所。傾斜《けいしゃ》がある落とし穴の縁《ふち》までは三メートルはある。俺の近くにいるのはラッミスとヒュールミ。そして、ミケネを除いた大食い団の残りか。

団長が俺の体に巻きつけていた命綱を外し、熊会長に手渡《てわた》している。長さの調整をする場合、都合がいいからだろう。

どうにか傾斜部分に俺の体を持っていけないか。まずは車輪をこそっと底に装着しておく。後は押してもらえれば何とかいけそうなのだが。

ラッミスに伝える手段があったとしても、彼女は頭を縦に振ることはないだろう。ヒュールミもさっきの様子じゃ無理っぽい。そうなると、熊会長もしくは大食い団か。

大食い団が押す場合、全力で力を合わせないと無理だし、熊会長は命綱《いのちづな》を託《たく》されて両手が塞《ふさ》がっている。ラッミスの怪力《かいりき》なら軽く押す程度でも斜面までは余裕《よゆう》で移動できそうだが。

あっ……一つ方法を思いついた。だけど、これを実行するには恥《はじ》も外聞も投げ捨てなければならない。勝つ為だ、好感度が少々下がっても彼女たちが死ぬよりマシだ。

俺はフォルムチェンジを選ぶ——エロ本販売機に。

「え、ハッコン急に変わって……えっ、えええええっ⁉」

ガラスの向こう側に並ぶ煽情《せんじょうてき》的な格好をした女性たちが妖艶《ようえん》なポーズを取り、男たちを誘《さそ》っているようにしか見えない。

それを目撃《もくげき》したラッミスの顔が見る見るうちに赤く染まっていく。

「へぅ、えっ、何でこの人たち、下着姿でお尻《しり》を突《つ》き出したり胸を持ち上げて……うわぁぁ」

照れながらも食い入るように見入っている。恥《は》ずかしいけど興味あるといった感じだな。気持ちはわかるよラッミス。

と、ラッミスの照れている姿に萌《も》えている場合ではない。更《さら》にここでダメ押しだ。

「いらっしゃいませ」

「へあうあっ！　や、やだもう、ハッコン。こんなの買わないって、もうスケベ！」

集中していたところに声を掛《か》けられて、過剰《かじょう》な反応を示したラッミスが動揺《どうよう》を誤魔化《ごまか》すように、俺の体を平手で叩《たた》く。

普通《ふつう》なら軽い音がする程度なのだが、動揺していて力の加減を誤ったのか結構な衝撃《しょうげき》が体を貫《つらぬ》いた。

そして、その衝撃により自動販売機の体が横にすっとずれた。車輪を出していなければ体が揺《ゆ》れた程度なのだろうが、今の俺には充分すぎる威力《いりょく》。

「えっ、ハッコン⁉」

「ありがとうございました」

彼女が慌《あわ》てて手を伸ばすが、その手は空を握《にぎ》りしめただけで、俺は斜面に差し掛かると速度を増して、穴へと飛び込んでいく。

体が宙に浮《う》いた感覚がすると同時に今度は巨大《きょだい》な自動販売機に変化する。

下に視線を向けると、穴をよじ登ろうとしていた骸骨《がいこつ》と見つめ合う形となった。手を離せば穴へ落ちる状況《じょうきょう》で真上から落ちてくる自動販売機。

手を離して俺を弾《はじ》くか、それとも受け止めるか。その一瞬《いっしゅん》の迷いが炎巨骨魔《えんきょこつま》の命取りとなった。結局判断が付かなかったのか、額で受け止める羽目になった頭蓋骨《ずがいこつ》を、自動販売機の体が容易《たやす》く打ち砕《くだ》く。

丁度角が当たったのも幸運だった。頭蓋骨《ずがいこつ》を粉砕《ふんさい》した俺の体が喉《のど》、あばら、腰骨《こしぼね》を破壊《はかい》して地面に墜落《ついらく》した。

《12のダメージ。耐久力が12減りました》

思ったよりダメージが少なかったのは、骨を砕く際に落下速度が激減してくれたからだろう。

体の三分の一ぐらいが地面にめり込んでいるのは不格好だが、結果良ければ全《すべ》て良し。頭上から骨の欠片《かけら》がパラパラと降ってくる。ちゃんと止《とど》めを刺《さ》せたようだな。これで万事ＯＫ。

「はっこおおおおん！　また無茶してええええええっ！　今から行くから、ちょっと待ってなさい！」

ラッミスさんが激怒《げきど》していらっしゃる。今すぐにでも降りてきそうだな。って、ここは二酸化炭素で満たされているから、酸素自動販売機に変わって酸素を放出しておこう。

「ざんねん　ざんねん　ざんねん」

彼女を近寄らせないように残念を連呼したのだが、聞く耳を持たないようで穴の上から縄《なわ》が垂れてきた。酸素ハイスピードで出し続けるぞ！

ずっと「ざんねん」と叫《さけ》んでいた成果があったようで、ラッミスが下りるのを躊躇《ためら》ってくれたようだ。周りに止められたのかもしれないが。

「ハッコン！　今はまだ下は危険だってことか！」

「いらっしゃいませ」

ヒュールミの問いかけに即座《そくざ》に応《こた》える。こういう場面での彼女の存在はありがたい。ラッミスも察しは良い方なのだが、俺が絡《から》むと途端《とたん》、無謀《むぼう》になる。

心配してくれるのは嬉しいのだが、もう少し自分の身を案じて欲しい。って俺も人のことは言えないか。

そう言えば階層主を倒《たお》したのだから、コインがそこら辺に落ちていないだろうか。おっ、あったあった。前と同様に〈コイン式掃除機《そうじき》〉を何とか調節してコインを吸い込んでおく。

所持品の欄《らん》に〈炎巨骨魔《えんきよこつま》のコイン〉が追加されているな。

あとは暫《しばら》く酸素を出し続けて……って、酸素は二酸化炭素より比重が軽いから穴の底には溜《た》まらないか。となると、みんなに俺がどうやって階層割れから帰還《きかん》したのかを教えておくか。

風船を大量に作り、結界内部をパンパンにすると〈ダンボール自動販売機〉になる。体が浮遊《ふゆう》感に包まれ、ふわふわと舞《ま》い上がっていく。

これって、二酸化炭素の中だから比重の関係で浮きやすくなっているのか。思ったよりも勢いよく浮上している。

穴の半分より少し上に差し掛かると速度が激減する。ここまで二酸化炭素で満たされていたってことだよな。前回よりも風船を多めにしておいたので何とか体は上に進んでいく。

「ええと、ハッコン？」

「いらっしゃいませ」

ダンボールの体だから声を出せないのではないかと不安だったのだが、そこは大丈夫《だいじょうぶ》なようだ。まあ、他の自動販売機《じどうはんばいき》も音声再生機能が無いのに話せたしな。

「ミケネ、穴を塞いでくれ」

「わかりました」

熊《くま》会長の命令で落とし穴の蓋《ふた》が閉じたので、〈結界〉を解除して風船を解放して着地した。そして、いつもの自動販売機に戻《もど》り、ほっと一息つくと……俺の体に影《かげ》が差した。

嫌《いや》な予感というか視線を向けたくないのだが、しらばくれる訳にもいかず、渋々《しぶしぶ》だが前を見た。

腰《こし》に手を当てて前屈《まえかが》みで頬《ほお》を膨《ふく》らませているラッミスがいた。うん、間違いなく怒《おこ》っている。

「ハッコン。壊《こわ》れたらどうする気だったの？」

声が優《やさ》しいのが逆に怖《こわ》い。

「あたりがでたらもういっぽん」

「誤魔化《ごまか》さない。うちは怒っているんやで」

くっ、感情が高ぶっている時の方言が出ている。ここは大人しくしておこう。

元々、女性を言い包《くる》められる話術は無いし、この音声データでは何を言っても無駄《むだ》だろう。と考えた自分の浅はかさを知るのは、説教が終わった一時間後。

初めは怒っていたのだが徐々《じょじょ》に愚痴《ぐち》とどれだけ心配していたかという話に移行し、見かねたヒュールミが止めに入るまで続いていた。

「ラッミス、それぐらいにしておけ。あんまりしつこく責めると、ハッコンに嫌《きら》われるぞ」

「あうぅ。じゃあ、これぐらいにしておく。もう、こんな無謀《むぼう》な真似《まね》はしないでね」

彼女の懇願《こんがん》する問いに俺は沈黙《ちんもく》で応《こた》えた。彼女に対して嘘《うそ》は吐《つ》きたくない。だから、俺は何も答えられない。みんなを助けられる場面に遭遇《そうぐう》したら、再び同じことをするだろうから。

そんな俺の態度にイラつくわけでもなく、ラッミスは苦笑いを浮かべた。まるで、俺の心を読んで呆《あき》れたかのように。

「話し合いは終わったか。ちょっと俺からも質問があるんだが、構わねえか？」

話しかけるタイミングを見計らっていたのだろう、ケリオイル団長が帽子《ぼうし》のつばに指を這《は》わせながら歩み寄ってきた。

「今回もご苦労さん。ハッコン、穴の底に階層主のコインは落ちていなかったか？」

「いらっしゃいませ」

「お、そうか。なら後で拾いに行かないとな」

回収しておいたコインを提出しておくか。ええと、どうやるのだ。所持品の〈炎巨骨魔《えんきよこつま》のコイン〉に合わせて、外に出すような感じで。

「おおっ、拾っておいてくれたのか！」

上手《うま》い具合に目の前にコインが転がり落ちてくれた。団長が迷わず拾おうとしたのだが、横合いから伸《の》びた手が腕《うで》を摑《つか》んだ。

「何のつもりだヒュールミ」

「当たり前のように自分の物にしようとしているが、炎巨骨魔《えんきよこつま》を倒したのも拾ったのもハッコンだろ。所有権はあんたじゃねえ」

正論ではあるが俺としては別にどうでもいい。でもまあ、こういうのは馴《な》れあうよりも、きちんとしておいた方がいいかもしれないな。

「ああ、すまなかった。お前さんの大活躍《かつやく》で何とかなったのは事実だ。これを得る権利があるのはハッコンで間違いない。ってことで、これを買い取らせて欲しい。金貨百枚でどうだ？」

軽いノリで口にしていい金額じゃないよな。金貨百枚ってことはポイント換算《かんさん》すると10

万ポイントか。って、滅茶苦茶《めちゃくちゃ》大金じゃないか。

ラッミスは俺と同じで驚《おどろ》いているようで、真ん丸な目を見開いてコインと俺を交互《こうご》に見ている。

ヒュールミは特段驚いている様子もなく、チラッと視線を傍観《ぼうかん》者と化していた熊会長に向けた。

「ふむ。階層主のコインの相場であるなら、それぐらいで間違いはない」

「だってよ、ハッコン。どうする」

それなら何の問題もないどころか十二分だよ。既《すで》に階層主のコインは一つ確保しているから、これ以上は必要ない。

「いらっしゃいませ」

「流石《さすが》ハッコンだ。話が早くて助かる。金は後日支払《しはら》うってことで構わねえよな。それだけの大金常に持ち歩くわけにはいかねえからな」

交渉《こうしょう》が成立してコインは彼らの物となった。ケリオイル団長は摘《つ》まんだコインを光にかざして、じっくりと観察すると腰の鞄《かばん》に放り込んだ。

さーて、後は清流の湖階層に戻るだけだな。迷路《めいろ》階層は上空からと大通りしか知らずに終わりそうだが、もうここに来ることは二度とないだろう。

エピローグ

Reborn as a Vending Machine, I Now Wander the Dungeon.

「しっかし、未《いま》だに信じられねえな」

　少し前までは金髪《きんぱつ》の少女に背負われるだけの存在だった魔道具を眺《なが》めながら、ケリオイル団長が呆れとも感嘆《かんたん》とも取れる声を漏《も》らす。

「何がですか」

「この短期間で階層主二体に会えたこともそうだが、それを倒したのが人の魂《たましい》が宿った魔道具だぜ。他《ほか》のハンターに話しても絶対に信じねえぞ」

「ですね。目《ま》の当たりにしている我々だって、信じ難《がた》いのですから」

　フィルミナ副団長が波打つ髪《かみ》を掻《か》き上げながら、小さく息を吐く。

「ハッコンはそういうものを引きつける何かがあるっすかね」

「実は英雄《えいゆう》の資質があって、これも運命とか？　英雄って呼ばれる存在は、行く先々で頻《ひん》繁《ぱん》に揉《も》め事に巻き込まれたりするのが定番だし。家にあった英雄伝とかそうだったよな、赤」

「でも、あれって創作じゃないか、白」

団員三名は軽いノリで口にしたのだが、団長は黙《だま》ったままじっとハッコンを見つめている。

「意外と当たっているかもしんねえぞ。数奇《すうき》な運命を背負うに値《あたい》するだろ、ハッコンは」

「見たこともない魔道具に宿っている……魂ですからね」

「ああ、それが運命じゃなく呪《のろ》いなのかは不明だが、負の加護だってあり得るだろ」

この世界には〈加護〉と呼ばれる特殊《とくしゅ》な力がある。だが、それはプラスになる力だけではない。〈加護〉には呪いにも等しい存在の、所持する者へ不幸を与《あた》える能力も存在する。

「まあ、確証はねえが、これを偶然《ぐうぜん》と片付けるには出来過ぎだ。ハッコンにとっては悪運だったとしても、こっちにとっては幸運だからな」

「そうですね、探し求めていた階層主のコインを、こんな短期間に二度も得るチャンスがあるなんて、普通《ふつう》あり得ないですよね」

副団長以外の全員が頷《うなず》いている。

愚者《ぐしゃ》の奇行《きこう》団は階層主が倒された際に落とすコインを求め迷宮を彷徨《さまよ》っている。この数年で得られた階層主のコインはたった三枚。一年も経《た》たずに二枚もお目にかかることは、団長にとって初めての出来事だった。

「でも、これってハッコンっていうより、ダンジョン自体の異変じゃないっすか」

「王蛙人魔《おうかわずじんま》も発生していたし、何かあるんじゃね」

「だよな。魔物《まもの》との遭遇率《そうぐう》も高い気がするし、ヒュールミも何か言ってなかったっけ」

シュイが小首を傾《かし》げると、それに釣《つ》られるように紅白双子《ふたご》も首を傾げている。

奇行団からは階層ごとの詳《くわ》しい情報を定期的に提供して、交換条件として魔物の情報やアドバイスをもらうというのが、ヒュールミが仮団員となる条件の一つとなっている。その時のことを思い出したのだろう。

「そういや、噂《うわさ》によると魔王《まおう》軍の動きも活発らしいぞ。世界がキナ臭《くさ》くなっているのも、要因の一つだったりしてな」

「それは、話が飛躍《ひやく》しすぎでは。しかし、魔王軍ですか……確か、帝国《ていこく》の北にある防衛都市が狙《ねら》われていましたよね。何とか防いでいるようですが、陥落《かんらく》するのも時間の問題らしいですよ」

北の荒《あ》れ果てた大地に住む魔物たちを統率《とうそつ》する存在。それが魔王。

あの大地に住む魔物は個々の能力が優《すぐ》れているのだが、自我が強く魔物同士での争いが頻繁《ひんぱん》に起こり、他国に侵略《しんりゃく》する余裕《よゆう》はなかったのだが、その魔物たちを力でねじ伏《ふ》せた者が現れた。

その者は自らを魔王と名乗り、力で支配した魔物を従えて隣国《りんごく》を襲《おそ》い始めたのだ。その力は強大で既に滅《ほろ》ぼされた国が存在する。

帝国は立地条件にも恵《めぐ》まれた防衛都市が魔王の国と唯一繋《ゆいいつつな》がっている道にあるので、何とか凌《しの》いでいるが近いうちに堕《お》ちるのではないかと、まことしやかに囁《ささや》かれている。

「しっかしよぉ、自ら魔王って名乗るかね普通。魔物を統《す》べる王だから魔王って、ネーミングセンスねえよな」

団長が肩《かた》をすくめて呆れているが、そんな彼を見つめる全員の目が「お前が言うな」と語っていた。

確かに「愚者の奇行団」と名付けた団長には、魔王も言われたくないだろう。

「偶然か、何らかの力が働いているのかはわかんねえが、面白《おもしろ》い存在だよ、ハッコンは……俺たちの願いを叶《かな》えるには必須《ひっす》なのかもな」

愚者の奇行団全員の視線が一点に集まる。

ラッミスに心配され、ヒュールミにからかわれている自動販売機《じどうはんばいき》は、その視線に気づくことなく、されるがままに機械の身を任せていた。

あとがき

新装版第2巻は如何《いかが》でしたか。

新キャラも増えてハッコン一行が賑《にぎ》やかになってきていますね。

マスコットキャラとして大食い団が登場したのですが、彼らはタスマニアデビルの獣人。なんで犬とか猫じゃなくてタスマニアデビルなのか？　と問われたら「好きだから！」としか言えません。

あの熊を小型化したような真っ黒な見た目。独特の鳴き声や大食いの習性。中二病をビンビンに刺激するネーミング。そりゃ、惹《ひ》かれるってもんです。

話はガラッと変わりますが……皆様、アニメの方はご覧いただけましたか？

アニメ化というだけで感動もひとしおなのですが、実際に声が付いて動くシーンを観たときは言葉になりませんでした。

アニメ製作では驚いたことや悩んだことが結構ありまして、その内の一つが声。

メインキャラの声を決める際にオーディション用のテープを聴《き》かせてもらったのですが、

どの方も上手で選ぶのに苦悩したのを覚えています。

といっても私の独断で決まるわけではなく、製作メンバーの方々も候補を選んで話し合うという方式でした。ちなみに私が第一候補に選んだ声優さんに決まったキャラもいますよ。それは誰でしょう。推理してみてください。

アフレコはリモートで参加させてもらえたので、邪魔にならないように存在を消しつつ見学していたのですが、いやはや凄かったです。

アニメ業界にあまり詳しくない私でも知っている声優の方々。声の素晴らしさは言うまでもなく演技力の高さに驚くばかりでした。「〇歳ぐらい年齢下げて」みたいな指摘を受けたらその場で直《す》ぐに改善して声が変わったのは流石《さすが》プロ。

他にも感心したのが、ガヤってあるじゃないですか。人が集まる場所で多くのキャラが騒いでいるようなシーン。ああいうのって台本通りか細かい指示があるのかと思ったら、物語の流れと場面の空気を声優さんが読み取って全員がアドリブで対応。

ただただ、感心するばかりでした。

そのような演技に触れて確信したのです。

作者だからってドヤ顔で余計な口出しはしないでおこう！

声は完全にお任せした方が良い作品になる！

とはいえ意見を求められたときに「いいですね」「大丈夫です」を繰り返すマシーンと

化してしまっては存在意義がなくなる。一応原作者なのですからそれっぽいことを、たまにですが口にしていました。

既にアニメ化を達成した諸先輩方はこのような場面で、どのように振る舞っていたのか訊《き》いてみたいです。

こういうときって何処《どこ》まで口を出して良いのか判断に困ります。なんせ、初体験なことばかりでしたから。

結果として声に関しては、なんの不満もないどころか、このクオリティーで文句を言ったら罰《ばち》が当たるレベル。アニメを視聴された方なら、私の感想に同意してくれるはず、ですよね？

声繋《つな》がりでもう一つ。アニメに欠かせないもの、それはオープニングとエンディング曲。

オープニングはＢＲＡＤＩＯの「ファンファーレ」

エンディングはＰｅｅｌ　ｔｈｅ　Ａｐｐｌｅの「いつものスープ」

どちらも素晴らしい曲で映像と相まって最高の出来に仕上がっています。

今では執筆を始める際に「ファンファーレ」を流して、執筆が終わるときに「いつものスープ」で締めています。

実はアニメのオープニングが決まったと担当さんから教えてもらった瞬間、思わず声が出るぐらい歓喜したのですよ。前からＢＲＡＤＩＯが好きでカラオケでも歌うことがあるぐらいでしたから（私は音痴です）。

まさか自分の作品で歌ってもらえるなんて、こんなに恵まれた幸運な偶然は二度とないでしょう。

あと、改めて実感したのが結構な数の自販機を作中で出していることです。

アニメで登場する自販機の種類をチェックしていたのですが、

「あれっ、こんなにも自販機を出していたっけ？」

思わず呟《つぶや》くぐらい数がありました。

それでもまだ扱ってない自販機は山のようにありますし、旧作が発売された七年前と比べて多くの新しい機種が次々と現れていますので、自動販売機への興味や楽しみが尽きることはないでしょう。

落ち着いたら、また自販機巡りの旅に出なければ。


では、あとがきの締めとして謝辞を。

憂姫《ゆうき》はぐれ先生。新装版第2巻でも引き続きよろしくお願いします！　美麗なイラストを今回もありがとうございます！

担当のKさん、スニーカー文庫編集部の皆さん、いつもお世話になっております。

アニメでお世話になった皆さんにも感謝を！
そして、第２巻も手に取ってくれた貴方《あなた》にも感謝を！

昼熊《ひるくま》

【新装版《しんそうばん》】自動販売機《じどうはんばいき》に生《う》まれ変《か》わった俺《おれ》は迷宮《めいきゅう》を彷徨《さまよ》う2

著　昼熊《ひるくま》

角川スニーカー文庫　23752
2023年9月1日　初版発行

発行者　山下直久
発　行　株式会社KADOKAWA
〒102-8177 東京都千代田区富士見2-13-3
電話　0570-002-301（ナビダイヤル）

印刷所　株式会社暁印刷
製本所　本間製本株式会社

●お問い合わせ
https://www.kadokawa.co.jp/（「お問い合わせ」へお進みください）
※内容によっては、お答えできない場合があります。
※サポートは日本国内のみとさせていただきます。
※Japanese text only

Printed in Japan　ISBN 978-4-04-111960-0　C0193

★ご意見、ご感想をお送りください★

〒102-8177 東京都千代田区富士見2-13-3
株式会社KADOKAWA　角川スニーカー文庫編集部気付
「昼熊」先生「憂姫はぐれ」先生

本書は、2016年10月に刊行された「自動販売機に生まれ変わった俺は迷宮を彷徨う２」を加筆修正、及びイラストを変更したものです。

角川文庫発刊に際して

角　川　源　義

第二次世界大戦の敗北は、軍事力の敗北であった以上に、私たちの若い文化力の敗退であった。私たちの文化が戦争に対して如何に無力であり、単なるあだ花に過ぎなかったかを、私たちは身を以て体験し痛感した。西洋近代文化の摂取にとって、明治以後八十年の歳月は決して短かすぎたとは言えない。にもかかわらず、近代文化の伝統を確立し、自由な批判と柔軟な良識に富む文化層として自らを形成することに私たちは失敗して来た。そしてこれは、各層への文化の普及滲透を任務とする出版人の責任でもあった。

一九四五年以来、私たちは再び振出しに戻り、第一歩から踏み出すことを余儀なくされた。これは大きな不幸ではあるが、反面、これまでの混沌・未熟・歪曲の中にあった我が国の文化に秩序と確たる基礎を齎らすためには絶好の機会でもある。角川書店は、このような祖国の文化的危機にあたり、微力をも顧みず再建の礎石たるべき抱負と決意とをもって出発したが、ここに創立以来の念願を果すべく角川文庫を発刊する。これまで刊行されたあらゆる全集叢書文庫類の長所と短所とを検討し、古今東西の不朽の典籍を、良心的編集のもとに、廉価に、そして書架にふさわしい美本として、多くのひとびとに提供しようとする。しかし私たちは徒らに百科全書的な知識のジレッタントを作ることを目的とせず、あくまで祖国の文化に秩序と再建への道を示し、この文庫を角川書店の栄ある事業として、今後永久に継続発展せしめ、学芸と教養との殿堂として大成せんことを期したい。多くの読書子の愛情ある忠言と支持とによって、この希望と抱負とを完遂せしめられんことを願う。

一九四九年五月三日

すめらぎひよこ
illustration
Mika Pikazo
background painting
mocha
魔王城、燃やしてみた
ep.1
我が焔炎にひれ伏せ世界
12年ぶり「大賞」受賞作!
最強爆焔娘の異世界コメディ!
(あわよくば何か燃やしたい……)という欲求を抱いていたホムラは異世界へと招かれる——。燃やすことこそ大正義! 焼却処分はエクスタシー!! 圧倒的火力で世界を制圧していく残念美少女ホムラの行く末は!?
第27回
スニーカー大賞
大賞
スニーカー文庫
The Devil's Castle, Burning
By my flame the world bows down
スニーカー文庫

入栖
—Author
Iris
神奈月昇
—Illust
Noboru Kannnatuki
マジカル☆エクスプローラー
—Title
Magical Explorer
エロゲの友人キャラに転生したけどゲーム知識使って自由に生きる

Reincarnated as a Eroge Hero's Friend,
I'll live freely with my Eroge knowledge.
知識チートで
二度目の人生を
完全攻略！
特設ページは
▼コチラ！▼

超人気WEB小説が書籍化!
最強皇子による縦横無尽の暗躍ファンタジー!
最強出涸らし皇子の暗躍帝位争い
無能を演じるSSランク皇子は皇位継承戦を影から支配する
タンバ イラスト 夕薙
無能・無気力な最低皇子アルノルト。優秀な双子の弟に全てを持っていかれた出涸らし皇子と、誰からも馬鹿にされていた。しかし、次期皇帝をめぐる争いが激化し危機が迫ったことで遂に"本気を出す"ことを決意する!
スニーカー文庫

黒雪ゆきは
Kuroyûki Yukiha
画｜魚デニム
ill.Uodenim

極めて傲慢たる悪役貴族の所業

The Deeds of an Extremely Arrogant Villainous Noble

カクヨム
《異世界ファンタジー部門》
年間ランキング
第1位

悪役転生×最強無双――
その【圧倒的才能】で、
破滅エンドを回避せよ!

俺はファンタジー小説の悪役貴族・ルークに転生したらしい。怪物的才能に溺れ破滅する、やられ役の"運命"を避けるため――俺は努力をした。しかしたったそれだけの改変が、どこまでも物語を狂わせていく!!

スニーカー文庫

君の紡ぐ物語で
世界を変えよう。
第29回
スニーカー大賞
作品募集中!
大賞300万円
+コミカライズ確約
金賞100万円
銀賞50万円
特別賞10万円
締切必達!
前期締切
2023年3月末日
後期締切
2023年9月末日
詳細は
ザスニWEBへ
https://kdq.jp/s-award
イラスト／左